語言鳥 **P**arrot
語言是通往世界的橋樑

語言鳥 Parrot
語言是通往世界的橋樑

超好學
韓語40音

韓國文字的結構

　　韓文為表音文字，分為子音和母音，韓文字就是由子音和母音所組合而成。基本母音和子音各為10個字和14個字，總共24個字。基本母音和子音在經過組合之後，形成 16 個複合母音和子音，提高其整體組織性，這就是「韓語40音」。

　　每個韓文字代表一個音節，每音節最多有四個音素，而每字的結構最多由五個字母來組成，其組合方式有以下幾種：

1. 子音加母音，例如：나（我）
2. 子音加母音加子音，例如：방（房間）
3. 子音加複合母音，例如：귀（耳）
4. 子音加複合母音加子音，例如：광（光）
5. 一個子音加母音加兩個子音，例如：값（價錢）

韓語40音發音對照表

一、基本母音（10個）

	ㅏ	ㅑ	ㅓ	ㅕ	ㅗ	ㅛ	ㅜ	ㅠ	ㅡ	ㅣ
名稱	아	야	어	여	오	요	우	유	으	이
拼音發音	a	ya	eo	yeo	o	yo	u	yu	eu	i
注音發音	ㄚ	ㄧㄚ	ㄛ	ㄧㄛ	ㄡ	ㄧㄡ	ㄨ	ㄧㄨ	(ㄜ)	ㄧ

說　明

- 韓語母音「ㅡ」的發音和「ㄜ」發音有差異，但嘴型要拉開，牙齒快要咬住的狀態，才發得準。
- 韓語母音「ㅓ」的嘴型比「ㅗ」還要大，整個嘴巴要張開成「大O」的形狀，「ㅗ」的嘴型則較小，整個嘴巴縮小到只有「小o」的嘴型，類似注音「ㄡ」。
- 韓語母音「ㅕ」的嘴型比「ㅛ」還要大，整個嘴巴要張開成「大O」的形狀，類似注音「ㄧㄛ」，「ㅛ」的嘴型則較小，整個嘴巴縮小到只有「小o」的嘴型，類似注音「ㄧㄡ」。

二、基本子音（10個）

	ㄱ	ㄴ	ㄷ	ㄹ	ㅁ	ㅂ	ㅅ	ㅇ	ㅈ	ㅊ
名稱	기역	니은	디귿	리을	미음	비읍	시옷	이응	지읒	치읓
拼音發音	k/g	n	t/d	r/l	m	p/b	s	ng	j	ch
注音發音	ㄎ	ㄋ	ㄊ	ㄌ	ㄇ	ㄆ	ㄙ, (ㄒ)	不發音	ㅏ	ㄘ

〔說 明〕

• 韓語子音「ㅅ」有時讀作「ㄙ」的音，有時則讀作「ㄒ」的音，「ㄒ」音是跟母音「ㅣ」搭在一塊時才會出現。

• 韓語子音「ㅇ」放在前面或上面不發音；放在下面則讀作「ng」的音，像是用鼻音發「嗯」的音。

• 韓語子音「ㅈ」的發音和注音「ㄗ」類似，但是發音的時候更輕，氣更弱一些。

三、基本子音（氣音4個）

	ㅋ	ㅌ	ㅍ	ㅎ
名　稱	키읔	티읕	피읖	히읗
拼音發音	k	t	p	h
注音發音	ㄎ	ㄊ	ㄆ	ㄏ

[說　明]

• 韓語子音「ㅋ」比「ㄱ」的較重，有用到喉頭的
  音，音調類似國語的四聲。
  ㅋ＝ㄱ＋ㅎ

• 韓語子音「ㅌ」比「ㄷ」的較重，有用到喉頭的
  音，音調類似國語的四聲。
  ㅌ＝ㄷ＋ㅎ

• 韓語子音「ㅍ」比「ㅂ」的較重，有用到喉頭的
  音，音調類似國語的四聲。
  ㅍ＝ㅂ＋ㅎ

四、複合母音（11個）

	ㅐ	ㅒ	ㅔ	ㅖ	ㅘ	ㅙ	ㅚ	ㅞ	ㅝ	ㅟ	ㅢ
名稱	애	얘	에	예	와	왜	외	웨	워	위	의
拼音發音	ae	yae	e	ye	wa	wae	oe	we	wo	wi	ui
注音發音	ㅔ	一ㅔ	ㄟ	一ㄟ	ㄨㄚ	ㄨㅔ	ㄨㄟ	ㄨㄟ	ㄨㄛ	ㄨ一	ㄜ一

〔說　明〕

- 韓語母音「ㅐ」比「ㅔ」的嘴型大，舌頭的位置比較下面，發音類似「ae」；「ㅔ」的嘴型較小，舌頭的位置在中間，發音類似「e」。不過一般韓國人讀這兩個發音都很像。
- 韓語母音「ㅒ」比「ㅖ」的嘴型大，舌頭的位置比較下面，發音類似「yae」；「ㅖ」的嘴型較小，舌頭的位置在中間，發音類似「ye」。不過很多韓國人讀這兩個發音都很像。
- 韓語母音「ㅚ」和「ㅞ」比「ㅙ」的嘴型小些，「ㅙ」的嘴型是圓的；「ㅚ」、「ㅞ」則是一樣的發音，不過很多韓國人讀這三個發音都很像，都是發類似「we」的音。

五、複合子音（5個）

	ㄲ	ㄸ	ㅃ	ㅆ	ㅉ
名　稱	쌍기역	쌍디귿	쌍비읍	쌍시옷	쌍지읒
拼音發音	kk	tt	pp	ss	jj
注音發音	ㄍ	ㄉ	ㄅ	ㄥ	ㄗ

[說　明]

- 韓語子音「ㅆ」比「ㅅ」用喉嚨發重音，音調類似國語的四聲。
- 韓語子音「ㅉ」比「ㅈ」用喉嚨發重音，音調類似國語的四聲。

六、韓語發音練習

	ㅏ	ㅑ	ㅓ	ㅕ	ㅗ	ㅛ	ㅜ	ㅠ	ㅡ	ㅣ
ㄱ	가	갸	거	겨	고	교	구	규	그	기
ㄴ	나	냐	너	녀	노	뇨	누	뉴	느	니
ㄷ	다	댜	더	뎌	도	됴	두	듀	드	디
ㄹ	라	랴	러	려	로	료	루	류	르	리
ㅁ	마	먀	머	며	모	묘	무	뮤	므	미
ㅂ	바	뱌	버	벼	보	뵤	부	뷰	브	비
ㅅ	사	샤	서	셔	소	쇼	수	슈	스	시
ㅇ	아	야	어	여	오	요	우	유	으	이
ㅈ	자	쟈	저	져	조	죠	주	쥬	즈	지
ㅊ	차	챠	처	쳐	초	쵸	추	츄	츠	치
ㅋ	카	캬	커	켜	코	쿄	쿠	큐	크	키
ㅌ	타	탸	터	텨	토	툐	투	튜	트	티
ㅍ	파	퍄	퍼	펴	포	표	푸	퓨	프	피
ㅎ	하	햐	허	혀	호	효	후	휴	흐	히
ㄲ	까	꺄	꺼	껴	꼬	꾜	꾸	뀨	끄	끼
ㄸ	따	땨	떠	뗘	또	뚀	뚜	뜌	뜨	띠
ㅃ	빠	뺘	뻐	뼈	뽀	뾰	뿌	쀼	쁘	삐
ㅆ	싸	쌰	써	쎠	쏘	쑈	쑤	쓔	쓰	씨
ㅉ	짜	쨔	쩌	쪄	쪼	쬬	쭈	쮸	쯔	찌

第一章　母音

基本母音

ㅏ	22
ㅑ	24
ㅓ	26
ㅕ	28
ㅗ	30
ㅛ	32
ㅜ	34
ㅠ	36
ㅡ	38
ㅣ	40

雙母音

ㅐ	42
ㅒ	44
ㅔ	46
ㅖ	48
ㅘ	50
ㅙ	52
ㅚ	54

ᅯ ----------------------------------- 56
ᅰ ----------------------------------- 58
ᅱ ----------------------------------- 60
ᅴ ----------------------------------- 62

第二章　子音

基本子音

ㄱ ----------------------------------- 66
ㄴ ----------------------------------- 68
ㄷ ----------------------------------- 70
ㄹ ----------------------------------- 72
ㅁ ----------------------------------- 74
ㅂ ----------------------------------- 76
ㅅ ----------------------------------- 78
ㅇ ----------------------------------- 80
ㅈ ----------------------------------- 82
ㅊ ----------------------------------- 84
ㅋ ----------------------------------- 86
ㅌ ----------------------------------- 88
ㅍ ----------------------------------- 90

ㅎ ---------------------------------- 92

雙子音

ㄲ ---------------------------------- 94
ㄸ ---------------------------------- 96
ㅃ ---------------------------------- 98
ㅆ ---------------------------------- 100
ㅉ ---------------------------------- 102

第三章　收尾音

ㄱ ---------------------------------- 107
ㄴ ---------------------------------- 109
ㄷ ---------------------------------- 111
ㄹ ---------------------------------- 113
ㅁ ---------------------------------- 116
ㅂ ---------------------------------- 118
ㅇ ---------------------------------- 119

第四章　發音變化

1.連音化 ----------------------- 122
2.重音化 ----------------------- 124
3.氣音化 ----------------------- 125
4.音脫落 ----------------------- 127
5.鼻音化 ----------------------- 129
6.口蓋音化 --------------------- 131

第五章　主題單字和會話

家族稱謂 ----------------------- 134
韓式料理 ----------------------- 137
小吃 --------------------------- 140
點心 --------------------------- 142
飲料 --------------------------- 145
水果 --------------------------- 149
味道 --------------------------- 151
KTV --------------------------- 154
三溫暖 ------------------------- 156
飯店 --------------------------- 159
海邊 --------------------------- 162

遊樂園 --------------------------- 164

逛街 --------------------------- 166

數字 --------------------------- 168

單位 --------------------------- 172

月份 --------------------------- 174

星期 --------------------------- 178

季節 --------------------------- 180

時間 --------------------------- 182

顏色 --------------------------- 186

國家 --------------------------- 188

都市 --------------------------- 191

生活用品 ------------------------ 193

化妝品 -------------------------- 198

飾品 --------------------------- 202

身體 --------------------------- 204

衣服 --------------------------- 208

街景 --------------------------- 211

交通工具 ------------------------ 214

職業 --------------------------- 217

生肖 --------------------------- 220

星座 --------------------------- 222

明洞 --------------------------- 225

東大門 -------------------------- 227

梨花女大 ------------------------ 229

仁寺洞 ----------------- 231
弘益大學 ----------------- 233
南大門 ----------------- 235
景福宮 ----------------- 237
韓國地名 ----------------- 239

第六章　日常用語

您好！初次見面！ ----------------- 244
好久不見！最近好嗎？ ----------------- 245
再見！ ----------------- 247
謝謝/不客氣 ----------------- 249
對不起/沒關係 ----------------- 250
問路 ----------------- 251
點餐 ----------------- 254
我愛你/我喜歡你 ----------------- 257
加油 ----------------- 259
很棒 ----------------- 261
很有趣、好高興、好幸福 ----------------- 263
真的嗎 ----------------- 265
好啊 ----------------- 267
是/不是 ----------------- 271

認識新朋友 --------------------273
肚子餓 --------------------275
吃飯 --------------------277
好吃 --------------------279
厲害 --------------------281
我是台灣人 --------------------282
有/沒有 --------------------284
打電話 --------------------287
你在哪裡工作？ --------------------289
行/不行 --------------------290
好熱/好冷 --------------------291
請... --------------------292
我想要... --------------------296
不知道 --------------------298
拜託 --------------------300
和朋友出去玩 --------------------302
誰？ --------------------304
哪裡？ --------------------308
你在做什麼？ --------------------310
你說什麼？ --------------------312
什麼時候？ --------------------313
有空嗎？ --------------------315
為什麼？怎麼了？ --------------------317
如何？ --------------------319

真的嗎 ------------------------- 322

讚美男生 ------------------------- 325

讚美女生 ------------------------- 327

祝賀 ------------------------- 328

我也是 ------------------------- 329

這是什麼？ ------------------------- 330

不好意思 ------------------------- 332

一起 ------------------------- 333

你會去嗎？ ------------------------- 334

似乎 ------------------------- 336

幫助 ------------------------- 337

心情 ------------------------- 338

安慰 ------------------------- 341

休閒 ------------------------- 343

結婚 ------------------------- 346

超好學
韓語40音

超好學
韓語40音

第一章

母音

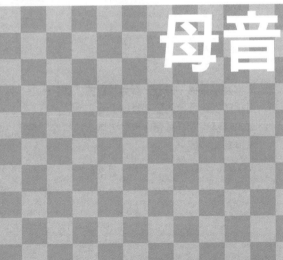

基本母音

羅馬拼音　a

中文注音　ㄚ

韓式音標　아 (a)

▶發音介紹

ㅏ唸起來就像ㄚ的音，驚訝時說的「啊」！
用羅馬拼音標示的話，以a標示。
韓式音標也就是這個字母的名字，唸唸看，是不
是很有趣「啊」？

아까
ak ka 剛才

아줌마
a jum ma 大嬸

아이
a i 小孩

아저씨
a jeo ssi 大叔

아주
a ju 非常

아마.
a ma
可能。

아니요.
a ni yo
不是。

아파요.
a pa yo
好痛。

羅馬拼音　ya

中文注音　ㄧㄚ、壓、呀

韓式音標　야 (ya)

---➤發音介紹

ㅑ唸起來就像「壓」的音，還有踢到東西時說的哎「呀」！
用羅馬拼音標示的話，以ya標示。
韓式音標也就是這個字母的名字，唸唸看，對呀對「呀」！

야자　　　　　　야수
ya ja **椰子**　　　　ya su **野獸**

야구　　　　　　야근
ya gu **棒球**　　　　ya geun **加班**

야심
ya sim **野心**

야!
ya
喂！

야경을 즐겨보자!
ya gyeong eul jeul gyeo bo ja
我們去看夜景吧！

야시장 가고 싶어요.
ya si jang ga go si peo yo
我想去夜市。

羅馬拼音　eo

中文注音　ㄜ、喔

韓式音標　어(eo)

----►發音介紹

ㅓ唸起來就像ㄜ的音，回應人家說的話時說的，
是「喔」！下巴自然打開。
用羅馬拼音標示的話，以eo標示。
韓式音標也就是這個字母的名字，唸唸看，
「喔」？是嗎？

어제
eo je 昨天

어차피
eo cha pi 反正

어디
eo di 哪裡

어머니
eo meo ni 媽媽

어느
eo neu 哪個

어디요?
eo di yo
在哪裡？

어머나!
eo meo na
唉呦！我的媽呀！

어서오세요.
eo seo o se yo
歡迎光臨。

羅馬拼音　yeo

中文注音　一て、唷

韓式音標　여(yeo)

►發音介紹

ㅕ唸起來就像一て的音，裝可愛時說的，不要忘
記「唷」！下巴自然打開。
用羅馬拼音標示的話，以yeo標示。
韓式音標也就是這個字母的名字，唸唸看，要記
得「唷」！

여름
yeo reum 夏天

여행
yeo haeng 旅行

여자
yeo ja 女生

여기
yeo gi 這裡

여인
yeo in 女人

여보!
yeo bo
老公！老婆！親愛的！

여기요.
yeo gi yo
這邊。請問…

여보세요?
yeo bo se yo
喂？(電話中)

羅馬拼音　o

中文注音　ㄡ、歐

韓式音標　오(o)

─►發音介紹

ㅗ唸起來就像ㄡ的音，歐洲的「歐」。
嘴型比ㅓ還要小。
用羅馬拼音標示的話，以o標示。
韓式音標也就是這個字母的名字，唸唸看，OK
嗎？

오빠   오후
o ppa 哥哥(**女生用語**)   o hu **下午**

오늘   오토바이
o neul **今天**   o to ba i **摩托車**

오전
o jeon **上午**

常用短句舉例

오케이!
o ke i
OK！好！

오세요.
o se yo
請過來。

오랜만이에요.
o raen man i e yo
好久不見。

ㅛ

羅馬拼音　yo

中文注音　一ㄡ、優

韓式音標　요(yo)

▶發音介紹

ㅛ唸起來就像一ㄡ的音，優雅的「優」。
嘴型比ㅕ還要小。
用羅馬拼音標示的話，以yo標示。
韓式音標也就是這個字母的名字，唸唸看，韓語
很多都是用這個字做結尾的「優」。

요요   요구
yo yo 溜溜球   yo gu 要求
요즘   요리
yo jeum 最近   yo ri 料理，做菜
요청
yo cheong 邀請

常用短句舉例

안녕하세요?
an nyeong ha se yo
您好?

요리를 좋아해요.
yo ri reul jo a hae yo
我喜歡做料理。

요리사 되고 싶어요.
yo ri sa doe go si peo yo
我想成為廚師。

羅馬拼音　u

中文注音　ㄨ、屋

韓式音標　우 (u)

▶發音介紹

ㅜ唸起來就像ㄨ的音，屋子的「屋」。
用羅馬拼音標示的話，以u標示。
韓式音標也就是這個字母的名字，唸唸看，烏龍
茶的「烏」～～～

우유　　　　　　　우산
u yu **牛奶** .... u san **雨傘**

우리　　　　　　　옥수수
u ri **我們** .... ok su su **玉米**

우표
u pyo **郵票** ....

우롱차 드세요.
u rong cha deu se yo
請喝烏龍茶。

우유 좋아해요.
u yu jo a hae yo
我喜歡牛奶。

우리 가자 !
u ri ga ja
我們走吧！

羅馬拼音　yu

中文注音　ーㄨ

韓式音標　유 (you)

▶發音介紹

ㅠ唸起來就像you的音，英文的你，you！
用羅馬拼音標示的話，以yu標示。
韓式音標也就是這個字母的名字，唸唸看，是不
是跟台語的「油」一樣啊？

유행
yu haeng　流行

유학
yu hak　留學

유럽
yu reop　歐洲

유치원
yu chi won　幼稚園

우유
u yu　牛奶

유치해요.
yu chi hae yo
好幼稚。

유감입니다.
yu gam im ni da
很遺憾。我感到抱歉/同情。

▬▬▬

羅馬拼音　eu

中文注音　類似ㄜ、呃、鵝

韓式音標　으(eu)

────▶發音介紹

一唸起來就像「鵝」的平音，好冷時說的，
「呃」，好冷啊！
用羅馬拼音標示的話，以eu標示。
韓式音標也就是這個字母的名字，唸唸看，
「呃」......這個嘛......

으뜸
eu tteum 最棒的，一等

으스스
eu seu seu 打哆嗦

으악
eu ak 呃啊、哎呀

으로
eu ro 朝，向，用

응
eung 嗯

常用短句舉例

으뜸으로 합격했어요.
eu tteu meu ro hap gyeo kae sseo yo
以第一名合格通過。

으스스한 날씨입니다.
eu seu seu han nal ssi im ni da
冷颼颼的天氣。

ㅣ

羅馬拼音　i

中文注音　ㄧ

韓式音標　이(i)

▶ 發音介紹

ㅣ唸起來就是ㄧ的音，一二三的「ㄧ」。
用羅馬拼音標示的話，以i標示。
韓式音標也就是這個字母的名字，唸唸看，
「ㄧ」。

이해
i hae　**理解**

이름
i reum　**名字**

이미
i mi　**已經**

이번
i beon　**這次**

이제
i je　**現在**

이해해요？
i hae hae yo
了解嗎？

이름이 뭐예요？
i reu mi mwo ye yo
你叫什麼名字？

雙母音

ㅐ

羅馬拼音　ae

中文注音　ㄝ

韓式音標　애 (ae)

----▶發音介紹

ㅐ唸起來就像ㄝ的音，apple的a。有一點微笑的
嘴型。
用羅馬拼音標示的話，以ae標示。
韓式音標也就是這個字母的名字，唸唸看，ㄝ
～。

애정
ae jeong　愛情

애교
ae gyo　撒嬌

애인
ae in　愛人

애플
ae peul　蘋果

개
kae　狗

常用短句舉例

그녀는 진짜 애교를 잘 떤다 .
geu nyeo neun jin jja ae gyo reul jal tteon da
她真的很會撒嬌。

애인 있어요 ?
ae in i sseo yo
你有男(女)朋友嗎 ?

羅馬拼音　yae

中文注音　一せ、耶

韓式音標　애(yae)

▶發音介紹

ㅒ唸起來就是英語yeah的音，比勝利手勢的時候
說的「耶」！
用羅馬拼音標示的話，以yae標示。
韓式音標也就是這個字母的名字，唸唸看，
「耶」！好棒啊！

얘기

yae gi　故事

얘

yae　這個人

얘 !
yae
欸!喂!

얘들아 !
yae deu ra
孩子們!

얘기해요.
yae gi hae yo
請説話.

얘가 남자예요 , 여자예요 ?
yae ga nam ja ye yo yeo ja ye yo
他是男的還是女的?

羅馬拼音　e

中文注音　類似ㄟ、欸

韓式音標　에(e)

▶發音介紹

ㅔ唸起來就像ㄟ的音，有點像台語叫別人時的
「欸」！
嘴巴要放要輕鬆，下巴比ㅐ打得更開一些，不必
像ㅐ那樣咧嘴笑。
用羅馬拼音標示的話，以e標示。
韓式音標也就是這個字母的名字，唸唸看，欸欸
欸，在這裡。

에게
ge 給，從(人)

에서
e seo 在，從(地點，時間)

에어컨
e eo keon 空調

에너지
e neo ji 活力，精力

에이전트
e i jeon teu 代理

게
ke 螃蟹

누구에게 주시는 건가요?
nu gu e ge ju si neun geon ga yo
請問是要給誰的？

에어컨 꺼 주세요.
e eo keon kkeo ju se yo
請關掉空調。

羅馬拼音　ye

中文注音　類似一ㄝ、也

韓式音標　예 (ye)

▶發音介紹

ㅖ唸起來就像「也」的音，但是嘴巴和下巴都要放鬆。

嘴巴要放要輕鬆，下巴比ㅐ打得更開一些，不必像ㅐ那樣咧嘴笑。

用羅馬拼音標示的話，以ye標示。

韓式音標也就是這個字母的名字，唸唸看，平音的也～也。

예쁘다
ye ppeu da 漂亮

예비
ye bi 預備

예습
ye seup 預習

예전
ye jeon 以前，昔日

예
ye
是。好的。

예뻐요.
ye ppeo yo
漂亮。

예약했어요.
ye ya kae sseo yo
已經預約了。

羅馬拼音　wa

中文注音　ㄨㄚ、哇

韓式音標　와(wa)

▶發音介紹

ㅘ唸起來就像「哇」的音，驚訝時說的，哇！
用羅馬拼音標示的話，以wa標示。
韓式音標也就是這個字母的名字，唸唸看，哇！
好棒！

와
wa　和

와인
wa in　葡萄酒

와플
wa peul　鬆餅

와트
wa teu　瓦特

과자
gwa ja　餅乾

와우！
wa u
哇！

와요.
wa yo
來。

羅馬拼音　wae

中文注音　類似ㄨㄝ、威

韓式音標　왜(wae)

►發音介紹

ㅚ唸起來就像「威」的音，威力的威。有點微笑。
用羅馬拼音標示的話，以wae標示。
韓式音標也就是這個字母的名字，唸唸看，「為」什麼呢？

왜
wae　為什麼

돼지
dwae ji　豬

돼요?
dwae yo
可以嗎?

왜요?
wae yo
為什麼?

왜 그래요?
wae geu rae yo
怎麼了? 為什麼要那樣?

왜 안 와요?
wae an wa yo
怎麼不來? 為什麼不來?

왠지 알아요?
waen ji a ra yo
你知道怎麼了嗎?

羅馬拼音　oe

中文注音　類似ㄨㄟ、威

韓式音標　외(oe)

----▶發音介紹

ㄗ唸起來就像「威」，但是比ㄙ發音時嘴巴要更放鬆，含在嘴裡的發音。
用羅馬拼音標示的話，以oe標示。
韓式音標也就是這個字母的名字，唸唸看，放輕鬆的ㄨㄟ...

常用單字舉例

참외
cham oe　**香瓜**

외국
oe guk　**外國**

외국어
oe gu geo　**外語**

외출
oe chul **外出**

외투
oe tu　**外套**

常用短句舉例

외워요.
oe wo yo
背起來。

외국사람 이에요.
oe guk sa ra mi e yo
我是外國人。

羅馬拼音　wo

中文注音　ㄨㄛ、窩

韓式音標　워(wo)

▶發音介紹

ㅝ唸起來就像「窩」的音，窩在家裡的「窩」。
用羅馬拼音標示的話，以wo標示。
韓式音標也就是這個字母的名字，唸唸看，
「窩」~~~

워드
word word文件

키워드
ki wo deu 關鍵字

워밍업
wo ming eop 熱身

월
wol 月

원인
won in 原因

귀여워요.
gwi yeo wo yo
可愛。

워드파일로 써 주세요.
wo deu pa il lo sseo ju se yo
請用文字檔來寫。

羅馬拼音　we

中文注音　ㄨㄟ、威

韓式音標　웨(we)

----▶發音介紹

ㄟ唸起來就像ㄨㄟ的音，發音時不必像ㅙ那樣微笑，嘴巴放輕鬆就可以。這個字通常出現在從英語來的單字。

用羅馬拼音標示的話，以we標示。

韓式音標也就是這個字母的名字，唸唸看，自然發出的ㄨㄟ～～

＊ ㅙwae、ㅚoe、ㅞwe這三個字的發音、嘴型有些許不同，不過說話快的時候，幾乎分不出來。

웨딩
we ding 婚禮

웨이팅
we i ting 等候，待機

웨이브
we i beu 波浪

웨이터
we i teo 服務生

웹사이트
wep sa i teu 網站

常用短句舉例

웨딩 드레스를 입고 있어요.
we ding deu re seu reul ip go i sseo yo
我穿著婚紗。

웨이브머리 예요.
we i beu meo ri ye yo
頭髮是波浪捲。

羅馬拼音　wi

中文注音　ㄨㄧ、we

韓式音標　위(wi)

▶發音介紹

ㅟ唸起來就像英文的we，我們，we！
用羅馬拼音標示的話，以wi標示。
韓式音標也就是這個字母的名字，唸唸看，wii～
～～

위
wi　上，位，胃

위치
wi ch　位置

위험
wi heom　危險

위하다
wi ha da　為了…

귀하다
gwi ha da　很寶貴

위가 아파요.
wi ga a pa yo
我胃痛。

위로해 주세요.
wi ro hae ju se yo
請安慰我。

羅馬拼音　ui

中文注音　ㄜㄧ連音

韓式音標　의(ui)

▶發音介紹

ㅢ唸起來就像ㄜㄧ的連音，額ㄧ！
用羅馬拼音標示的話，以ui標示。
韓式音標也就是這個字母的名字，唸唸看，ㄜ
ㄧ、ㄜㄧ、ㄜㄧ。

의
ui 的

의미
ui mi 意義

의사
ui sa 醫師

의자
ui ja 椅子

의견
ui gyeon 意見

의식 하지마.
ui si ka ji ma
不要意識(別人)。

의자 저기 있어요.
ui ja jeo gi i sseo yo
椅子在那邊。

超好學
韓語40音

第二章

子音

029

基本子音

ㄱ

羅馬拼音 g/k

注音 ㄎ

韓式音標 기역(gi yeok)

發音介紹

ㄱ唸起來就像ㄎ的音，一顆兩顆的，顆。
用羅馬拼音標示的話，在字首時，以g標示。在終聲時，以k標示。
韓式音標也就是這個字母的名字，唸唸看，是不是剛好把ㄱ在字首時的發音，和在終聲時的發音都唸出來了呢？

가방　　　　　　　기억
ga bang　**皮包**　　gi eok　**記憶**
가수　　　　　　　악수
ga su　**歌手**　　　ak su　**握手**
기업
gi eop　**企業**

가자 !
ga ja
走吧！

가능 해요 ?
ga neung hae yo
可能嗎？

거기 있어요.
geo gi i sseo yo
那邊。

ㄴ

羅馬拼音　n/n

注音　ㄋ/ㄣ

韓式音標　니은(ni eon)

▶發音介紹

ㄴ在字首，唸起來就像ㄋ的音，是不是呢的，
呢。
ㄴ在字尾，唸起來就像ㄣ的音，嗯沒錯的，嗯。
用羅馬拼音標示的話，在字首或字尾都是以n標
示。
韓式音標也就是這個字母的名字，唸唸看，是不
是剛好把ㄴ在字首時的發音，和在終聲時的發音
都唸出來了呢？

나 년
na 我（對平輩及晚輩） nyeon 年

나라 신문
na ra 國家 sin mun 報紙，新聞

님
nim 先生，女士，大人
（加在名字或職稱後面，表示尊敬的稱呼）

常用短句舉例

네.
ne
是的。/ 好。

나예요.
na ye yo
是我。

내일 보자！
nae il bo ja
明天見！

羅馬拼音　d/t

中文注音　ㄊ、特

韓式音標　ㄷㄹ(di geut)

▶發音介紹

ㄷ唸起來就像ㄊ的音，輕聲的特。
用羅馬拼音標示的話，在字首時，以d標示。在
終聲時，發t的音，以t標示。
韓式音標也就是這個字母的名字，唸唸看，是不
是剛好把ㄷ在字首時的發音，和在終聲時的發音
都唸出來了呢？

다
da 全部

두부
du bu 豆腐

대만
dae man 台灣

데이트
de i teu 約會

다시
da si 再次

다 먹고요.
da meok go yo
全部吃掉。

대단해요.
dae dan hae yo
好厲害。

다시 만나요.
da si man na yo
再見喔。

羅馬拼音　r/l

注音　ㄌ

韓式音標　리을 (ri eul)

▶發音介紹

ㄹ唸起來就像ㄌ的音，好了的「了」。
用羅馬拼音標示的話，在字首時，以r標示。在終
聲時，唸ㄦ，以l標示。
韓式音標也就是這個字母的名字，唸唸看，是不
是剛好把ㄹ在字首時的發音，和在終聲時的發音
都唸出來了呢？

리더
ri deo 領導者

리허설
ri heo seol 彩排

라디오
ra di o 廣播

라면
ra myeon 泡麵

얼굴
eol gul 臉

차를 마셔요.
cha reul ma syeo yo
請喝茶。

라디오 듣고 있어요.
ra dio deut go i sseo yo
我正在聽廣播。

羅馬拼音　m

注音　ㄇ

韓式音標　ㅁ음(mi eum)

----▶發音介紹

ㅁ在字首，唸起來就像ㄇ的音，什麼的「麼」。
ㅁ在字尾，唸起來就像閉口說ㄣ的音，閉口的
「嗯」。
用羅馬拼音標示的話，在字首或字尾都是以m標
示。
韓式音標也就是這個字母的名字，唸唸看，是不
是剛好把ㅁ在字首時的發音，和在終聲時的發音
都唸出來了呢？

미인
mi in 美人

미남
mi nam 美男

미국
mi guk 美國

마음
ma eum 內心

만화
man hwa 漫畫

미안해요.
mi an hae yo
不好意思。對不起。

마음에 들어요.
ma eum e deu reo yo
合我心意。滿意。喜歡。

羅馬拼音　b/p

注音　ㄆ

韓式音標　비읍(bi eup)

▶發音介紹

ㅂ唸起來就像ㄆ的音，就像「怕」字開頭的發音，ㄆ。

用羅馬拼音標示的話，在字首時，以b標示。在終聲時，以p標示。

韓式音標也就是這個字母的名字，唸唸看，是不是剛好把ㅂ在字首時的發音，和在終聲時的發音都唸出來了呢？

비
bi 雨

비밀
bi mil 秘密

비빔밥
bi bim bap 拌飯

바다
ba da 海

합당
hap dang 合適

비가 와요.
bi ga wa yo
下雨了。

바다가에 만났어요.
ba da ga e man na sseo yo
在海邊見面了。

035

ㅅ

羅馬拼音　s/t

注音　ㄙ+ㄒ

韓式音標　시옷(si ot)

發音介紹

ㅅ在字首，唸起來就像ㄙ+ㄒ的音，介於斯和西的中間。

ㅅ在字尾，就發ㄊ的音。

用羅馬拼音標示的話，在字首時，以s標示。在終聲時，以t標示。

韓式音標也就是這個字母的名字，唸唸看，是不是剛好把ㅅ在字首時的發音，和在終聲時的發音都唸出來了呢？

시간
si gan 時間

시장
si jang 市場

사과
sa gwa 蘋果

새해
sae hae 新年

뜻
deut 意思，意志

사랑해요.
sa rang hae yo
我愛你。

시간 있어요 ?
si gan i sseo yo
有空嗎 ?

羅馬拼音　不發音/ng

注音　不發音/ㄥ

韓式音標　이응 (i eung)

▶發音介紹

ㅇ在字首時，不發音。
ㅇ在字尾，唸起來就像ㄥ的音。
用羅馬拼音標示的話，在字首不發音，在字尾以
ng標示。
韓式音標也就是這個字母的名字，唸唸看，一ㄥ
(鼻音) ~ ~ ~。

응
eung 嗯

강
gang 江

영어
yeong eo 英語

상징
sang jing 象徵

방학
bang hak 放學，放假

향수
hyang su 香水

常用短句舉例

안녕？
an nyeong
你好？

환영합니다.
hwan yeong ham ni da
歡迎您。

ㅈ

羅馬拼音　j/t

注音　ㄘ、ㄗ、ㄐ/ㄊ

韓式音標　지읒(ji eut)

▶發音介紹

ㅈ在字首，唸起來就像j的音。跟不同的母音在一
起時發音會有些微的差異，建議多聽來熟悉正確
發音方式。
ㅈ在字尾，就唸ㄊ的音。
用羅馬拼音標示的話，在字首是j，在字尾是t。
韓式音標也就是這個字母的名字，唸唸看，是不
是剛好把ㅈ在字首時的發音，和在終聲時的發音
都唸出來了呢？

저
jeo　我（謙稱）

잡지
jap ji　雜誌

지금
ji geum　現在

주인
ju in　主人

지갑
ji gap　錢包

중국어
jung gu geo　中文

주세요.
ju se yo
請給我。

잘 있어요?
jal ri sseo yo
過得好嗎？

재미 있어요.
jae mi i sseo yo
真有趣。

ㅊ

羅馬拼音　ch/t

注音　ㄘ+ㄑ/ㄊ

韓式音標　치읕(chi eut)

▶發音介紹

ㅊ在字首，唸起來就像ch的音，汽車的「汽」。
比ㅈ送出更多氣。
ㅊ在字尾，就唸ㄊ的音。
用羅馬拼音標示的話，在字首是ch，在字尾是
t。
韓式音標也就是這個字母的名字，唸唸看，是不
是剛好把ㅊ在字首時的發音，和在終聲時的發音
都唸出來了呢？

차
cha　茶，車

출근
chul geun　上班

참
cham　真正的，真是的

김치
gim chi　泡菜

층
cheung　層

치어리더
chi eo ri deo　啦啦隊

처음
cheo eum　初次，第一次

常用短句舉例

몇 층 이에요 ?
myeot cheung i e yo
在幾樓？

친하게 지내자.
chin ha ge ji nae ja
我們好好相處吧！

羅馬拼音　k

注音　ㄎ

韓式音標　키읔(ki euk)

▶發音介紹

ㅋ唸起來就像ㄎ的音，喀喀笑的，喀。比ㄱ送出
更多氣。

用羅馬拼音標示的話，在字首或字尾都是以k標
示。

韓式音標也就是這個字母的名字，唸唸看，是不
是剛好把ㅋ在字首時的發音，和在終聲時的發音
都唸出來了呢？

카드
ka deu 卡

카레
ka re 咖喱

카메라
ka me ra 照相機

케이크
ke i keu 蛋糕

커피
keo pi 咖啡

ㅋㅋㅋ
k k k ㄎㄎㄎ(笑聲，網路用字)

常用短句舉例

케이크 드세요.
ke i keu deu se yo
請吃蛋糕。

키가 커요.
ki ga keo yo
身高很高。

羅馬拼音　t

注音　ㄊ

韓式音標　티읕(ti eut)

▶發音介紹

ㅌ唸起來就是t的音。比ㄷ送出更多的氣。
用羅馬拼音標示的話，在字首或字尾都是以t標
示。
韓式音標也就是這個字母的名字，唸唸看，是不
是剛好把ㅌ在字首時的發音，和在終聲時的發音
都唸出來了呢？

토끼
to kki　**兔子**

토마토
to ma to　**番茄**

태권도
tae gwon do　**跆拳道**

탁자
tak ja　**桌子**

퇴근
toe geun　**下班**

常用短句舉例

통화중 입니다.
tong hwa jung im ni da
通話中。

택시 타세요.
taek si ta se yo
請搭計程車。

ㅍ

羅馬拼音　p

注音　ㄆ

韓式音標　피읖(pi eup)

▶發音介紹

ㅍ唸起來就是p的音。比ㅂ送出更多的氣。
用羅馬拼音標示的話，在字首或字尾都是以p標
示。
韓式音標也就是這個字母的名字，唸唸看，是不
是剛好把ㅍ在字首時的發音，和在終聲時的發音
都唸出來了呢？

파리
pa ri 巴黎

파란색
pa ran saek 藍色

파티
pa ti 派對

팬
paen 粉絲，迷

편지
pyeon ji 信

편해요 ?
pyeon hae yo
方便嗎？舒適嗎？

필요해요 ?
pi ryo hae yo
需要嗎？

ㅎ

羅馬拼音　h/不發音

注音　ㄏ/不發音

韓式音標　히읗(hi eu)

▶發音介紹

ㅎ在字首，唸起來就像ㄏ的音。

ㅎ在字尾時，不發音。

用羅馬拼音標示的話，在字首時，以h標示。在終聲時不發音。

另外ㅎ和某些字遇見時會有氣音化現象，將在第四篇詳細介紹。

韓式音標也就是這個字母的名字，唸唸看。

ㅎㅎㅎ   학생

h h h   **阿阿阿（網路用語）**   hak saeng   **學生**

하하하   해외

ha ha ha   **哈哈哈**   hae oe   **海外**

한국   하나님

han guk   **韓國**   ha na nim   **神**

常用短句舉例

힘내세요.

him nae se yo

請加油。

행복해요.

haeng bo kae yo

好幸福。

좋아요.

jo a yo

好。讚。

043

雙子音

ㄲ

羅馬拼音　kk/k

注音　ㄍ

韓式音標　쌍기역(ssang gi yeok)

發音介紹

ㄲ在字首，唸ㄍ的音。
ㄲ在字尾，唸ㄎ的音。
用羅馬拼音標示的話，在字首時，以kk標示。在終聲時，以k標示。
ㄲ就是兩個ㄱ在一起，所以發ㄎ的重音ㄍ。

常用單字舉例

껌　　　　　　　　　까지
kkeom　口香糖　　　kka ji　到，連

꽃　　　　　　　　　밖
kkot　花　　　　　　bak　外面

꼭
kkok　一定

常用短句舉例

끝났어요?
kkeun na sseo yo
結束了嗎?

깜짝 놀랐어요.
kkam jjak nol la sseo yo
嚇我一跳。

꿈 같아요.
kkum ga ta yo
像夢一般。

羅馬拼音　tt

注音　ㄉ

韓式音標　쌍디귿(ssang di geut)

──► 發音介紹

ㄸ在字首，唸ㄉ的音。
現代幾乎沒有ㄸ在字尾的字。
用羅馬拼音標示的話，在字首時，以tt標示。在
終聲時，以t標示。
ㄸ就是兩個ㄷ在一起，所以發ㄜ的重音ㄉ。

딸기 　　　　　　　　뜻
ttal gi 草莓　　　　　 tteut 意思，旨意
따로 　　　　　　　　또
tta ro 分別，各自　　　 tto 又，再
떡볶이
tteok bok ki 辣炒年糕

따뜻해요.
tta tteu tae yo
好溫暖。

뚱뚱해요.
ttung ttung hae yo
胖胖的。

땀이 나요.
tta mi na yo
我流汗了。

羅馬拼音　pp

注音　ㄅ

韓式音標　쌍비읍(ssang bi eup)

►發音介紹

ㅃ在字首，唸ㄅ的音。
現代幾乎沒有ㅃ在字尾的字。
用羅馬拼音標示的話，在字首時，以pp標示。在
終聲時，以p標示。
ㅃ就是兩個ㅂ在一起，所以發ㄆ的重音ㄅ。

빨리
ppal li **快**

빵
ppang **麵包**

오빠
oppa **哥哥(女生用語)**

빨래
ppal lae **洗衣服**

뿌리
ppu ri **根**

常用短句舉例

예뻐요.
ye ppeo yo
漂亮。

바빠요?
ba ppa yo
在忙嗎?

ㅆ

羅馬拼音　ss /t

注音　ㄙ/ㄊ

韓式音標　쌍시옷 (ssang si ot)

▶發音介紹

ㅆ在字首，唸ㄙ的音。

ㅆ在字尾，唸ㄊ的音。

用羅馬拼音標示的話，在字首時，以ss標示。在終聲時，以t標示。

但是若後面有字要連音過去時，就變成下一個字的字首，結果還是發ss的音。

ㅆ就是兩個人在一起，所以發s的重音ss。

씨   말씀
ssi   …先生，小姐   mal sseum   話語，言語
쓰다
sseu da   寫，使用，苦

싸요.
ssa yo
好便宜。

써 주세요.
sseo ju se yo
請寫給我。

싸우지 마.
ssa u ji ma
不要吵架。

있어요.
i sseo yo
有。

ㅉ

羅馬拼音　jj

注音　ㄗ

韓式音標　쌍지읒(ssang ji eut)

▶發音介紹

ㅉ唸起來像ㄗ的音。
用羅馬拼音標示的話，以jj標示。
ㅉ就是兩個ㅈ在一起，所以發j的重音jj。

날짜
nal jja 日期

찌개
jji gae 鍋，湯

팔찌
pal jji 手鐲

쭉
jjuk 一直

쯤
jjeum 左右，大約

찜질방
jjim jil bang 蒸氣房

짜요.
jja yo
好鹹。

진짜？
jin jja
真的嗎？

超好學
韓語40音

第三章

收尾音

►韓文字的組成有以下幾種方式：

1個子音+1個母音
(左右放置或上下放置)

1個子音+1個母音+1個子音
(左上、右上、下或上、中、下放置)

1個子音+1個母音+2個子音
(左上、右上、左下、右下放置)

在字尾出現的子音稱為終聲(받침)。

終聲有很多種，但是總共只有7種發音。

這一篇將7種收尾音整理出來，並有單字或句子
的舉例。

048

ㄱ

ㄱ ㅋ ㄲ ㄳ ㄹ
以上列出的終聲，都是發k的音。

舉例

국	볶음밥
guk 國，湯	bok keum bap 炒飯
부엌	삯
bu eok 廚房	sak 工資，工錢
동녘	넋
dong nyeok 東方	neok 魂，魄
서녘	읽다
seo nyeok 西方	ik da 閱讀
남녘	맑다
nam nyeok 南方	mak da 清澈，晴朗
북녘	닭
bung nyeok 北方	dak 雞
닦다	
dak da 擦，抹	

삯을 받았어요?
sak seul ba da sseo yo
你領到工資了嗎?

읽었어요.
il geo sseo yo
讀了。

머리가 맑아졌다.
meo ri ga mal ga jyeot da
我的頭腦頓時豁然開朗。

ㄴ

ㄴ ㄴㅈ ㄴㅎ
以上列出的終聲，都是發n的音。

舉例

인
in 人

은
eun 銀

앉다
an da 坐

많다
man ta 很多

않다
an ta 不，沒

앉으세요.
an jeu se yo
請坐。

없잖아요.
eop ja na yo
沒有啊。

괜찮아요.
gwaen cha na yo
沒關係。

많아요.
ma na yo
很多。

후회하지 않아요.
hu hoe ha ji a na yo
不後悔。

050

ㄷ

> ㄷ ㅅ ㅈ ㅊ ㅌ ㅆ
> 以上列出的終聲，都是發t的音。

舉例

듣다	꽂
deut da 聽	kkot 花
믿	몇
mit 相信	myeot 幾個
뜻	끝
tteut 意思	kkeut 結束，底
벗다	밑
beot da 脫掉，放下	mit 下面
늦다	같다
neut da 晚	gat da 一樣，相同，如同
맞다	맡다
mat da 沒錯	mat da 聞，嗅
잊다	있다
it da 忘記	it da 有

왔다갔다
wat da gat da
來來回回，徘迴

맞아요.
ma ja yo
沒錯。

늦었어요.
neu jeot sseo yo
遲到了。

잊어버렸어요.
i jeo beo ryeo sseo yo
我忘了。

ㄹ

ㄹ ㄼ ㄽ ㄾ ㅀ
以上列出的終聲，都是發l，就是ㄹ的音。

舉例

말
mal　馬

달
dal　月亮

별
byeol　星星

넓다
neol da　寬

짧다
jjal da　短

곬
gol　水流，水道

옰
ol　懲罰

훑다
hul da 剝離，掃視

핥다
hal da 舐

싫다
sil ta 討厭

잃어버리다
i reo beo ri da 失去，弄丟

곯다
gol ta 挨餓，壞掉

옳다
ol ta 正確

마음이 넓어요.
ma eu mi neol beo yo
心很寬。

강아지가 내 얼굴을 핥았다.
gang a ji ga nae eol gul reul hal tat da
小狗狗舔了我的臉。

싫어요.
si reo yo
討厭。

열쇠를 잃어버렸어.

yeol soe reul i reo beo ryeo sseo

鑰匙弄丟了。

배 많이 굻았어요.

bae ma ni go ra sseo yo

曾經時常挨餓。

그녀는 짧은 머리에요.

geu nyeo neun jjal beun meo ri ye yo

她是短髮。

별이 빛나는 밤 이에요.

byeo ri bin na neun bam i e yo

是一個星光燦爛的夜晚。

ㅁ

ㅁ ㄻ
以上列出的終聲，都是發m的音。

舉例

밤
bam 夜晚，栗子

감
gam 感，柿子

김
kim 金(姓氏)，海苔

삶
sam 生活

닮다
dam tta 相似

닮았어요.
dal ma sseo yo
好像。

계란은 몇분 삶아야 되나요 ?
gye ran eun myeot bun sam ma ya doe na yo
雞蛋要煮幾分鐘才可以 ?

삶의 지혜가 필요해요.
sal mui ji hye ga pi ryo hae yo
需要生活的智慧。

감기에 걸렸어요.
gam gi e geol lyeo sseo yo
我感冒了。

ㅂ

ㅂ ㅍ ㄿ ㅄ
以上列出的終聲，都是發p的音。

舉例

십	없다
sip 十	eop da 沒有
깊	
gip 深	
잎	
ip 葉	
읊다 → (읍따)	
eup da 吟詠	
값	
gap 價錢	

없어요.
eop seo yo
沒有。

ㅇ

ㅇ
以上列出的終聲，是發ng的音。

舉例

영
yeong　零，靈

용
yong　用，龍

얼짱
eol jjang　臉蛋讚

빵
ppang　麵包

랑
rang　和，朗

영어를 할 줄 아세요？
yeong eo reul hal jul ra se yo
你會説英語嗎？

超好學
韓語40音

第四章
發音變化

1.連音化

(연음화yeon eum hwa)

說明

在有終聲的字後面出現的字是母音開頭，也就是字首為ㅇ的情況，發音的時候把前面的終聲移到跟後面的字連在一起發音之現象，稱作連音化。通常是後面的字為助詞(이、을、은、으로、에)、語尾(았、었、아서、어서)或者是漢字詞時會使用連音。

舉例

음악
eu mak 音樂

볶은밥
bo kkeun bap 炒飯

알아요.
a ra yo
我知道。

있어요.
i sseo yo
有。

닮았어요.
dal ma sseo yo
真像。

집에 있어요 ?
ji be i sseo yo
你在家嗎 ?

먹었어요.
meo geo sseo yo
吃了。

2.重音化

(경음화gyeong eum hwa)

說明

> 終聲是ㄱㅂㄷㅅㅈ的字後面接ㄱㅂㄷㅅㅈ開頭的時候，會有重音化的現象，發音變成ㄲㅃㄸㅆㅉ。

舉例

학교(학꾜)
hak gyo　學校

극장(극짱)
geuk jang　劇場

떡볶이(떡뽀끼)
tteok bo kki　辣炒年糕

웃겨요.
ut gyeo yo
好好笑喔。

못생겨요.
mot ssaeng gyeo yo
好醜喔。

057

3.氣音化

(격음화gyeo geum hwa)

【說明】

> ㅎ遇到ㄱㅂㄷㅈ時，不論前後，發音會變成
> ㅋㅍㅌㅊ氣音化。

【舉例】

입학(이팍)
i pak 入學

맏형(마텽)
ma tyeong 長兄，大哥

좋다(조타)
jo ta 好

놓다(노타)
no ta 放下

싫다(실타)
sil ta 不喜歡，討厭

잡히다(자피다)
ja pi da 被抓到

못해요.(모태요)
mo tae yo
無法，不行。

이렇게요？(이러케요)
i reo ke yo
這樣嗎？

놓지마라요.(노치마라요)
no chi ma ra yo
不要放開。

생각해봐요.(생가캐봐요)
saeng ga kae bwa yo
請想想看。

어떡해？(어떠캐)
eo tteo kae
怎麼辦？

기가 막혀요.(기가 마켜요)
gi ga ma kyeo yo
太驚奇了。

4.音脫落

(ㅎ발음없이ba reum eop si)

(說明)

> ㅎ在字首時發ㄏ的音,在終聲時不發音。

(舉例)

좋아요.(조아요)
jo a yo
好。讚。

싫어요.(시러요)
si reo yo
不要。討厭。

놓아요.(노아요)
no a yo
放下,放開。

잃었어요.(이러서요)
i reo sseo yo
失去。

있잖아요.(있자나요)
it ja na yo
不是嗎？你知道嗎？

많이 드세요.(마니 드세요)
ma ni deu se yo
多吃一點。

하지마.
ha ji ma
別做。

호박죽 이에요.
ho bak ju gi e yo
這是南瓜粥。

059

5.鼻音化

(비음화 bi eum hwa)

說明

前面終聲發音是ㄱㄷㅂ的字，遇到後面字首是有鼻音的ㄴㅁㅇ時，前面終聲的發音會鼻音化，ㄱㄷㅂ依序變成ㅇㄴㅁ。

舉例

국민(궁민)
gung min 國民

닫는다(단는다)
dan neun da 關起來

십만(심만)
sim man 十萬

밥물관(밤물관)
bam mul gwan 博物館

습니다(슴니다)
seum ni da 動詞語尾(敬語)

입니다(임니다)
im ni da 是…

날 못 믿는 거야?
nal mot min neun geo ya
你不相信我嗎?

협력하세요.
hyeom nyeo ka se yo
請與我合作。

국물 만두를 먹고싶어요.
gung mul man du reul meok go si peo yo
我想吃湯餃。

6.口蓋音化

(구개음화gu gae eum hwa)

說明

前一個字的終聲是ㄷㅌ後面遇到이這個字時，終聲會移到後面，發音變成ㅈㅊ。

舉例

굳이(구지)
gu ji 堅定地，執意

같이(가치)
ga chi 一起

밭이(바치)
ba chi 過濾

붙이다(부치다)
bu chi da 貼，黏

미닫이(미다지)
mi da ji 左右推開的門

갇히다(가치다)
ga chi da 被關

묻혀(무텨 → 무쳐)
mu chyeo 沾，裏，埋

붙여요.(부쳐요)
bu chyeo yo
黏起來。

같이 가요.
ga chi ga yo
一起去嘛。

나는 우리 집의 맏이입니다.
na neun u ri ji bui ma ji im ni da
我是家中的老大。(最大的孩子)

第五章

主題單字和會話

가족 호칭

ga jok ho ching　家族稱謂

常用單字

할아버지
ha ra beo ji　爺爺

할머니
hal meo ni　奶奶

아버지/아빠
a beo ji/a ppa　爸爸/ 爸(口語)

어머니/엄마
eo meo ni/eom ma　媽媽/ 媽(口語)

형/오빠
hyeong/op pa　哥哥(男生叫哥哥)/ 哥哥(女生叫哥哥)

누나/언니
nu na/eon ni　姐姐(男生叫姐姐)/ 姐姐(女生叫姐姐)

동생
dong saeng　弟弟妹妹

남동생
nam dong saeng　弟弟

여동생
yeo dong saeng 妹妹

사촌 형/오빠/ 누나/ 언니/ 남동생 여동생
sa chon hyeong/op pa/ nu na/ eon ni/ nam dong
saeng/ yeo dong saeng 堂表/哥/姐/弟/妹

남편
nam pyeon 丈夫

아내
a nae 妻子

아들
a deul 兒子

딸
ttal 女兒

生活會話

A : 엄마 , 보고싶어요.
eom ma bo go si peo yo
媽媽，我好想您。

B : 우리 딸 언제 집에 돌아와 ?
u ri ttal eon je ji be do ra wa
我的女兒哪時候要回家呢？

生活會話

A：오빠야.
o ppa ya
哥哥！

B：응?
eung
嗯？

A：사주세요.
sa ju se yo
買給我。

B：그래. 사줄게요.
geu rae sa jul ge yo
好，我買給你。

한국요리

han guk yo ri 韓國料理

常用單字

삼계탕
sam gye tang 人蔘雞

불고기
bul go gi 銅盤烤肉

닭갈비
dak gal bi 炒雞肉

낙지볶음
nak ji bo kkeum 辣炒章魚

부대찌개
bu dae jji gae 部隊鍋

김치찌개
gim chi jji gae 泡菜鍋

된장찌개
doen jang jji gae 味增鍋

순두부 찌개
sun du bu jji gae 嫩豆腐鍋

해물탕

hae mul tang　海鮮湯

갈비탕

gal bi tang　排骨湯

설렁탕

seol leong tang　雪濃湯/牛骨湯

김치

gim chi　泡菜

전/부침개

jeon/bu chim gae　煎餅

돌솥 비빔밥

dol sot bi bim bap　石鍋拌飯

비빔면

bi bim myeon　拌麵

짬뽕

jjam ppong　炒馬麵

물냉면

mul laeng myeon　水冷麵

김치 볶음밥

gim chi bo kkeum bap　泡菜炒飯

떡국

tteok guk　年糕湯

生活會話

A : 좋아하는 음식이 뭐예요 ?

jo a ha neun eum sik gi mwo ye yo

你最喜歡的食物是什麼？

B : 해물탕 이에요.

hae mul tang i e yo

海鮮湯。

(生活會話)

A : 닭갈비 이인분 주세요.

dak gal bi i in bun ju se yo

請給我兩人份的炒雞排。

B : 네.

ne

好。

A : 그리고 된장찌개 하나주세요.

geu ri go doen jang jji gae ha na ju se yo

還有一個味增鍋。

간식

gan sik　小吃

常用單字

떡볶이
tteok bo kki　辣炒年糕

라면
ra myeon　泡麵

김밥
gim bap　飯捲，壽司

순대
sun dae　豬腸

닭꼬치
dak kko chi　雞肉串

핫도그
hat do geu　熱狗

튀김
twi gim　炸物

호떡
ho tteok　糖餅

계란빵
gye ran ppang　雞蛋糕

붕어빵
bung eo ppang　鯛魚燒

찐빵
jjin ppang　豆沙包

A : 떡볶이 일인분 주세요.

tteok bo kki i rin bun ju se yo

請給我一人份的辣炒年糕。

B : 포장해 드릴까요?

po jang hae deu ril kka yo

要幫你包起來嗎？

A : 네 , 포장해 주세요.

ne po jang hae ju se yo

好，請幫我包起來。

B : 삼천 원 이에요.

sam cheon won i e yo

這樣是三千元。

A : 감사합니다.

gam sa ham ni da

謝謝。

디저트

di jeo teu　甜點

케이크
ke i keu　蛋糕

티라미수
ti ra mi su　提拉米蘇

치즈케이크
chi jeu ke i keu　起司蛋糕

초콜릿
cho kol lit　巧克力

아이스크림
a i seu keu rim　冰淇淋

요구르트
yo gu reu teu　優格

쿠키/과자
ku ki/gwa ja　餅乾

빵
ppang　麵包

푸딩
pu ding　布丁

애플파이
ae peul pa i 蘋果派

와플/핫케이크
wa peul/hat ke i keu 鬆餅

브라우니
beu ra u ni 布朗尼

도넛
do neot 甜甜圈

生活會話

A : 저는 빵집 갈게요.
jeo neun ppang jip gal ge yo
我要去麵包店了。

A : 무엇을 드시고 싶으세요?
mu eo seul deu si go si peu se yo
你有想吃什麼嗎?

B : 누나가 사주는 것 이에요?
nu na ga sa ju neun geo si e yo
姐姐要請客嗎?

A : 응 , 사 줄게요.

eung sa jul ge yo

嗯，我請你。

B : 와,나 아무것이나 돼요.

wa na a mu geo si na dwae yo

哇，我都可以。

A : 그럼 도넛 아니면 무스케이크 그런것을 사줄게요.

geu leom do neot a ni myeon mu seu ke i keu geu

leon geo seul sa jul ge yo

那我就買甜甜圈或者慕斯蛋糕給你喔。

B : 네.

ne

好。

A : 갔다 올게요 !

gat da ol ge yo

我出門囉！

B : 잘 갔다 오세요 !

jal gat da o se yo

等你回來喔！

음료

eum lyo　飲料

常用單字

물
mul　水

우유
u yu　牛奶

핫초코
hat cho ko　熱巧克力

두유
du yu　豆奶

식혜
si kye　甜酒釀

인삼차
in sam cha　人蔘茶

꿀물
kkul mul　蜂蜜水

유자차
yu ja cha　柚子茶

슬러쉬
seul leo swi 冰沙

주스
ju seu 果汁

레몬주스
re mon ju seu 檸檬汁

에플주스
e peul ju seu 蘋果汁

오렌지주스
o ren ji ju seu 柳橙汁

포도주스
po do ju seu 葡萄汁

차
cha 茶

홍차
hong cha 紅茶

녹차
nok cha 綠茶

밀크티
mil keu ti 奶茶

버블티
beo beul ti 珍珠奶茶

국화차
gu kwa cha 菊花茶

장미 차

jang mi cha　**玫瑰花茶**

계화 차

gye hwa cha　**桂花茶**

라벤더 차

ra ben deo cha　**薰衣草茶**

커피

keo pi　**咖啡**

캬라멜 마끼아또

kya ra mel ma kki a tto　**焦糖瑪奇朵**

아메리카노

a me ri ka no　**美式咖啡**

카페라떼

ka pe ra tte　**咖啡拿鐵**

카푸치노

ka pu chi no　**卡布奇諾**

에스프레소

e seu peu re so　**義式濃縮**

生活會話

A：홍차 라떼 한잔주세요.

hong cha ra tte han jan ju se yo

我要一杯紅茶拿鐵。

B：시원한거 또는 따뜻한거요？

si won han geo tto neun tta tteu tan geo y

要冰的還是熱的？

A：따뜻한 걸로 주세요.

tta tteu tan geol lo ju se yo

熱的。

生活會話

A：아이스 캬라멜 마끼아또 한 잔 주세요.

a i seu kya ra mel ma kki a tto han jan ju se yo

我要一杯冰的焦糖瑪奇朵。

B：중간, 큰, 아니면 슈퍼큰 크기요？

jung gan keun a ni myeon syu peo keun keu gi

yo

您要中杯、大杯還是特大杯？

A：중간.

jung gan

中杯。

066

과일

gwa il　水果

常用單字

사과	굴
sa_gwa　蘋果	gyul　橘子
배	오렌지
bae　梨子	o ren ji　柳橙
감	바나나
gam　柿子	ba na na　香蕉
수박	체리
su bak　西瓜	che ri　櫻桃
포도	레몬
po do　葡萄	re mon　檸檬
딸기	
ttal gi　草莓	
멜론	
mel lon　哈密瓜	
망고	
mang go　芒果	

生活會話

A：감 얼마예요 ?
gam eol ma ye yo
柿子多少錢 ?

B：하나에 천칠백원 이에요.
ha na e cheon chil baek won i e yo
一顆1700元。

A：딸기는 얼마예요 ?
ttal gi neun eol ma ye yo
草莓多少錢 ?

B：한 근은 오천원 이에요.
han geu neun o cheon won i e yo
一斤5000元。

067

맛

mat　味道

常用單字

달다
dal da　甜

짜다
jja da　鹹

시다
si da　酸

쓰다
sseu da　苦

뜨겁다/ 맵다
tteu geop da/ maep da　辣

싱겁다
sing geop da　清淡

느끼하다
neu kki ha da　油膩

生活會話

A：맛이 어때요?

ma si eo ttae yo

味道如何？

B：써요. 맛이 별로예요.

sseo yo ma si byeol lo ye yo

苦苦的。味道普通。

生活會話

A：어떤 맛 이에요?

eo tteon ma si e yo

這是什麼味道？

B：달고 조금 시다.

dal go jo geum si da

甜甜的，有點酸。

A：맛있어요?

ma si sseo yo

好吃嗎？

B : 괜찮아요.
gwaen cha na yo
還不錯。

生活會話

A : 이것 달아요.
i geot da ra yo
這個甜甜的。

B : 맛있어요?
ma si sseo yo
好吃嗎?

A : 네 , 맛있어요.
ne ma si sseo yo
嗯,好吃。

노래방

no rae bang　KTV

常用單字

한국노래
han guk no rae　韓文歌

중국노래
jung guk no rae　中文歌

인기노래
in gi no rae　人氣歌曲

가수
ga su　歌手

노래를 예약하다
no rae reul ye ya ka da　點歌

애창곡
ae chang gok　拿手歌

마이크
ma i keu　麥克風

生活會話

A : 한국노래 할 줄 알라요?
han guk no rae hal jul al la yo
你會唱韓文歌嗎？

B : 네.
ne
會。

A : 노래하세요,
no rae ha se yo
請唱歌。

A : 와 , 가수야 가수.
wa ga su ya ga su
哇，簡直是歌手啊。

A : 목소리가 좋아요. 잘 부르시네요.
mok so li ga jo a yo jal bu reu si ne yo
聲音很好聽。唱得真好。

B : 감사합니다.
gam sa ham ni da
謝謝。

찜질방

jjim jil bang 蒸氣房

常用單字

사우나	온탕
sa u na 三溫暖	on tang 溫湯
열쇠	열탕
yeol soe 鑰匙	yeol tang 熱湯
사물함	등밀이
sa mul ham 置物櫃	deung mi ri 搓澡布
탈의실	타울
tal ui sil 更衣室	ta ul 浴巾
목욕탕	수건
mok yok tang 浴池	su geon 毛巾
남탕	찜질복
nam tang 男湯	jjim jil bok 汗蒸幕衣
여탕	면봉
yeo tang 女湯	myeon bong 棉花棒
냉탕	드라이기
naeng tang 冷湯	deu ra i gi 吹風機

식혜

si kye　甜酒釀

生活會話

A : 찜질방 가자.

jjim jil bang ga ja

我們去三溫暖吧。

A : 때밀이 요금이 얼마예요 ?

ttae mi ri yo geu mi eol ma ye yo

請問搓澡費用是多少錢 ?

B : 이만 원 이에요.

i man won i e yo

兩萬元。

A : 때 밀어주세요.

ttae mi reo ju se yo

請幫我搓澡。

生活會話

A：아로마 맛사지 요금이 얼마예요？

a ro ma mat sa ji yo geu mi eol ma ye yo

芳香按摩費用是多少？

B：삼만원 이에요.

sam man won i e yo

三萬元。

A：그럼 아로마 마사지 해주세요.

geu reom a ro ma ma sa ji hae ju se yo

那請幫我做芳香按摩。

A：아파요. 살살 해주세요.

a pa yo sal sal hae ju se yo

會痛，請輕一些。

(生活會話)

A：수면실 어디예요？

su myeon sil eo di ye yo

請問休眠室在哪裡？

B：저기에 있어요.

jeo gi e i sseo yo

在那邊。

호텔

ho tel　飯店

常用單字

카운터	에어컨
ka un teo　櫃台	e eo keon　空調，冷氣
로비	인터넷
ro bi　大廳	in teo net　網路
방	냉장고
bang　房間	naeng jang go　冰箱
싱글룸	전화
sing geul lum　單人房	jeon hwa　電話

체크인

che keu in　check in 入住

체크 아웃

che keu a ut　check out 退房

더블룸

deo beul lum　雙人房(一張雙人床)

트윈룸

teu wil lum　雙人房(兩張單人床)

生活會話

A：체크인 하려구요.
che keu in ha ryeo gu yo
我要辦理入住。

B：어떤방을 원하세요？
eo tteon bang eul won ha se yo
請問要哪種房間？

A：싱글룸 부탁해요.
sing geul lum bu ta kae yo
我要單人房。

A：하루 밤에 얼마예요？
ha ru bam e eol ma ye yo
住一個晚上要多少錢？

B：싱글룸 하룻밤에 만원 이에요.
sing geul lum ha rut bam e man won i e yo
單人房一晚是一萬元。

B：성함이 어떻게 되세요？
seong ham i eo tteo ke doe se yo
請問尊姓大名？

A : 김나라 예요.

gim na ra ye yo

金娜拉。

B : 며칠 동안 있을 거예요 ?

myeo chil dong an i seul geo ye yo

請問要待幾天？

A : 오일 있을 거예요.

o il i seul geo ye yo

五天。

B : 네 , 여기 열쇠 입니다.

ne yeo gi yeol soe im ni da

好的，這是房間鑰匙。

해변

hae byeon　海邊

常用單字

조개 껍데기
jo gae kkeop de gi　貝殼
바다
ba da　海
파도
pa do　海浪
비치
bi chi　沙灘
모래
mo rae　沙子
비키니
bi ki ni　比基尼

生活會話

A : 바다가 너무 아름다워요.
ba da ga neo mu a reum da wo yo
大海好美喔！

B : 우리 물 놀이 하러가자！
u ri mul no ri ha reo ga ja
我們去玩水吧！

A : 물이 차갑네요. 시원해요.
mu ri cha gam ne yo si won hae yo
水好冰喔。好舒服。

B : 있다가 우리 비치볼 할까요？
it da ga u ri bi chi bol hal kka yo
等一下我們去玩沙灘排球如何？

A : 오케이！
o ke i
OK！

놀이동산

no ri dong san　遊樂園

常用單字

롯데월드
rot de wol deu　樂天世界

에버랜드
e beo raen deu　愛寶樂園

회전목마
hoe jeon mong ma　旋轉木馬

스페인 해적선
seu pe in hae jeok seon　海盜船

관람차
gwal lam cha　摩天輪

롤러코스터
rol leo ko seu teo　雲霄飛車

生活會話

A : 회전목마 타고 싶어요.

hoe jeon mong ma ta go si peo yo

我想玩旋轉木馬。

B : 우리 번지드롭 놀자！

u ri beon ji deu rop nol ja

我們去玩大怒神吧！

A : 아 , 무서워！

a mu seo wo

啊，好恐怖！

B : 괜찮아요. 가자！

gwaen cha na yo ga ja

沒關係。走吧！

A : 아니면 우리 관람차 타고 볼래?

a ni myeon u ri gwal lam cha ta go bol lae

還是我們去搭摩天輪呢？

쇼핑

syo ping 逛街

常用單字

백화점
bae kwa jeom　百貨公司

쇼핑몰
syo ping mol　購物中心

면세점
myeon se jeom　免稅店

슈퍼마켓
syu peo ma ket　超級市場

옷 가게
ot ga ge　衣服店

노점
no jeom　路邊攤

生活會話

A : 이것은 얼마예요 ?
i geo seun eol ma ye yo
這個多少 ?

B : 오만 오천원 이에요.
o man o cheon won i e yo
五萬五千元。

A : 깎아 주세요.
kka kka ju se yo
算我便宜一些嘛。

B : 안돼요.
an dwae yo
不行。

A : 오만 원에 주면 제가 사겠습니다.
o man won e ju myeon je ga sa get seum ni da
如果算我五萬我就買。

숫자

sut ja 數字

常用單字

영/공	팔/여덟
yeong/gong 0	pal/yeo deol 8
일/하나	구/아홉
il/ha na 1	gu/a hop 9
이/둘	십/열
i/dul 2	sip/yeol 10
삼/셋	십일/열하나
sam/set 3	si bil/yeol ha na 11
사/넷	십이/열둘
sa/net 4	si bi/yeol dul 12
오/다섯	십삼/열셋
o/da seot 5	sip sam/yeol set 13
육/여섯	십사/열넷
yuk/yeo seot 6	sip sa/yeol net 14
칠/일곱	십오/열다섯
chil/il gop 7	sip o/yeol da seot 15

십육/열여섯
sip yuk/yeol yeo seot 16

십칠/열일곱
sip chil/yeol il gop 17

십팔/열여덟
sip pal/yeol yeo deolp 18

십구/열아홉
sip gu/yeol a hop 19

이십/스물
i sib/seu mul 20

삼십/서른
sam sib/seo reun 30

사십/마흔
sa sip/ma heun 40

오십/쉰
o sip/swin 50

육십/예순
yuk sip/ye sun 60

칠십/일흔
chil sip/il heun 70

팔십/여든
pal sip/yeo deun 80

구십/아흔
gu sip/a heun 90

백
baek 百

천
cheon 千

만
man 萬

십만·
sip man 十萬

백만
baek man 百萬

천만
cheon man 千萬

억
eok 億

조
jo 兆

生活會話

A：얼마예요？
eol ma ye yo
多少？

B : 산만 칠천 오백원이에요.

san man chil cheon o baek won i e yo

37500元。

A : 얼마예요 ?

eol ma ye yo

多少 ?

B : 만사천원 이에요.

man sa cheon won i e yo

14000元。

生活會話

A : 몇 살 이세요 ?

myeot sal i se yo

你幾歲 ?

B : 스물셋 살이에요.

seu mul set sal i e yo

我二十三歲。

단위

dan wi 單位

常用單字

센티미터(簡稱센티)
sen ti mi teo(sen ti) 公分
미터
mi teo 公尺
킬로미터(簡稱킬로)
kil lo mi teo(killo) 公里
그램
geu raem 公克
킬로그램(簡稱킬로)
kil lo geu raem(killo) 公斤
퍼센트(簡稱프로)
peo sen teu(peu ro) 百分比

生活會話

A : 키가 얼마나 되세요?

ki ga eol ma na doe se yo

你的身高是多少？

B : (180cm)백팔십 센티미터 예요.

(180cm)baek pal sip sen ti mi teo ye yo

我180公分。

A : 저는(175cm)백칠십 오 센티 예요.

(175cm)baek chil sip o sen ti ye yo

我175。

A : 체중은 어떻게 됩니까?

che jung eun eo tteo ke doem ni kka

你體重幾公斤？

B : 저는 육십오 킬로그램입니다.

jeo neun nyuk sip o kil lo geu raem im ni da

我65公斤。

A : 저는 오십삼 킬로 예요.

jeo neun o sip sam kil lo ye yo

我53公斤。

월

wol 月份

常用單字

일월
il wol 一月

이월
i wol 二月

삼월
sam wol 三月

사월
sa wol 四月

오월
o wol 五月

유월
yu wol 六月

칠월
chil wol 七月

팔월
pal wol 八月

구월
gu wol 九月

시월
si wol 十月

십일월
sip il wol 十一月

십이월
sip i wol 十二月

生活會話

A : 언제 돌아와요？
eon je do ra wa yo
你何時回來？

B : 구월 말에 돌아가요.
gu wol mal e do ra ga yo
九月底回來。

生活會話

A : 언제 출발 할 거예요？
eon je chul bal hal geo ye yo
你何時出發？

B：사월.
sa wol
四月。

生活會話

A：오늘 몇월 며칠 이에요 ?
o neul myeot wol myeo chil i e yo
今天是幾月幾號？

B：오늘은 삼월 십오일 이에요.
o neu reun sam wol sip o il i e yo
今天是3月15日。

A：생일은 언제 예요 ?
saeng i reun eon je ye yo
你的生日是什麼時候？

B：내 생일은 구월 십사일 이에요.
nae saeng i reun gu wol sip sa il i e yo
我的生日是9月14日。

生活會話

A : 이번 설날은 언제요?
i beon seol na reun eon je yo
這次農曆新年初一是哪一天？

B : 이번 설날은 이월 십일 이에요.
i beon seol na reun i wol sip i ri e yo
這次農曆新年是2月10日。

生活會話

A : 언제 한국에 와요?
eon je han gu ge wa yo
你什麼時候來韓國？

B : 아마 오월 초에 가요.
a ma o wol cho e ga yo
可能五月初的時候會去。

요일

yo il　星期

常用單字

월요일
wol yo il　**星期一**

화요일
hwa yo il　**星期二**

수요일
su yo il　**星期三**

목요일
mok yo il　**星期四**

금요일
geum yo il　**星期五**

토요일
to yo il　**星期六**

일요일
il yo il　**星期日**

生活會話

A : 오늘 무슨 요일 이에요 ?

o neul mu seun yo i ri e yo

今天星期幾？

B : 오늘 목요일 이에요 .

o neul mok yo il i e yo

今天星期四。

生活會話

A : 내일 하루 쉬어도 될까요 ?

nae il ha ru swi eo do doel kka yo

我明天可以休息一天嗎？

B : 내일 금요일 이에요 ?

nae il geum yo il i e yo

明天是星期五嗎？

A : 네 , 다음주 월요일에 출근할 거예요 .

ne da eum ju wol yo il e chul geun hal geo ye yo

是的，我下星期一就會來上班。

계절

gye jeol　季節

常用單字

봄
bom　春

여름
yeo reum　夏

가을
ga eul　秋

겨울
gye oul　冬

사계
sa gye　四季

달력
dal lyeok　日曆

양력
yang nyeok　陽曆

음력
eum nyeok　陰曆

A：봄이 왔어요.
bo mi wa sseo yo
春天來了。

B：봄에는 꽃이 피어요.
bo me neun kko chi pi eo yo
春天花會開。

A：어느 계절을 제일 좋아해요?
eo neu gye jeo reul je il jo a hae yo
你最喜歡哪個季節?

B：저는 가을 좋아해요.
jeo neun ga eul jo a hae yo
我喜歡秋天。

B：날씨 시원하고 풍경도 예뻐요.
nal ssi si won ha go pung gyeong do ye ppeo yo
天氣舒爽風景又美。

시간

si gan　時間

常用單字

십년전
sim nyeon jeon　**十年前**

이년전
i nyeon jeon　**兩年前**

작년
jank nyeon　**去年**

올해
ol hae　**今年**

내년
nae nyeon　**明年**

후년
hu nyeon　**後年**

십년후에
sim nyeon hu e　**十年後**

지난달
ji nan dal　**上個月**

이번달
i beon dal 這個月

다음달
da eum dal 下個月

지난주
ji nan ju 上星期

이번주/금주
i beon ju/geum ju 這星期

다음주/내주
da eum ju/nae ju 下星期

엊그제
eot geu je 前幾天

그제
geu je 前天

어제
eo je 昨天

오늘
o neul 今天

내일
nae il 明天

모레
mo re 後天

글피
geul pi 大後天

연초
yeon cho　年初

연말
yeon mal　年末

월초
wol cho　月初

월중
wol jung　月中

월말
wol mal　月底

주간/평일
ju gan/pyeong il　周間

주말
ju mal　周末

生活會話

A： 내일 봐요.
nae il bwa yo
明天見。

B： 예 , 내일 봐요.
ye nae il bwa yo
好，明天見。

A : 언제 대만에 와요?

eon je dae man e wa yo

你什麼時候來台灣？

B : 다음달.

da eum dal.

下個月。

A : 다음 주 금요일을 비워두세요.

da eum ju geum yo i reul bi wo du se yo

請空出下個禮拜五的時間。

B : 왜요?

wae yo

為什麼?

색깔

saek kkal　顏色

常用單字

빨간색
ppal gan saek　紅

하얀색
ha yan saek　白

오렌지색
o ren ji saek　橙

금색
geum saek　金色

노란색
no ran saek　黃

은색
eun saek　銀色

파란색
pa ran saek　藍

검은색
geo meun saek　黑

청색
cheong saek　靛

보라색
bo ra saek　紫

녹색/초녹색
nok saek/cho nok saek　綠

핑크색
ping keu saek　粉紅色

A：어떤 색깔 좋아해요?
eo tteon saek kkal jo a hae yo
你喜歡什麼顏色？

B：핑크색 좋아해요.
ping keu saek jo a hae yo
我喜歡粉紅色。

B：어떤 색깔 좋아해요?
eo tteon saek kkal jo a hae yo
你喜歡什麼顏色？

A：나는 보라색 좋아해요.
na neun bo ra saek jo a hae yo
我喜歡紫色。

B：응, 오늘도 당신은 보라색 옷을 입었네요.
eung o neul do dang si neun bo ra saek o seul i
beon ne yo
嗯，今天你穿了紫色衣服呢。

나라

na ra　國家

常用單字

대만
dae man　台灣

한국
han guk　韓國

일본
il bon　日本

프랑스
peu rang seu　法國

독일
do gil　德國

영국
yeong guk　英國

미국
mi guk　美國

중국
jung guk　中國

말레이시아
mal le i si a 馬來西亞

멕시코
mek si ko 墨西哥

브라질
beu ra jil 巴西

캐나다
kae na da 加拿大

生活會話

A : 유학하고 싶어요.
yu ha ka go si peo yo
我想去留學。

B : 어느나라에 유학하고 싶어요?
eo neu na rae yu ha ka go si peo yo
你想去哪個國家留學？

A : 미국요.
mi gu gyo
美國。

生活會話

A：어디에서 왔어요？
eo di e seo wa sseo yo
你是從哪裡來的？

B：대만.
dae man
台灣。

生活會話

A：어느 나라 사람이에요？
eo neu na ra sa rami e yo
你是哪一國人？

B：영국사람 이에요.
yeong guk sa ram i e yo
英國人。

A：일본 사람 이에요？
il bon sa ram i e yo
你是日本人嗎？

B：아니요. 대만 사람 이에요.
a ni yo dae man sa ram i e yo
不是。我是台灣人。

도시

do si 都市

常用單字

타이베이
ta i be i 台北

서울
seo wool 首爾

도쿄
do kyo 東京

런던
reon deon 倫敦

파리
pa ri 巴黎

뉴욕
nu yok 紐約

베이징
be i jing 北京

生活會話

A：한국 어디에서 사세요？
han guk eo di e seo sa se yo
你住在韓國的哪個地方？

B：서울.
seo wool
首爾。

A：저는 파리에서 살아요.
jeo neun pa ri e seo sal ra yo
我住在巴黎。

A：민호씨는요？
min ho ssi neun nyo
民浩呢？

C：저는 도쿄에서 살아요.
jeo neun do kyo e seo sal ra yo
我住在東京。

가정 용품

ga jeong yong pum 　日常用品

常用單字

휴대폰
hyu dae pon　手機

스마트폰
seu ma teu pon　智慧型手機

헤드폰
he deu pon　耳機

충전기
chung jeon gi　充電器

데스크탑PC
de seu keu tap PC　桌上型電腦

노트북 컴퓨터
no teu book keom pyu teo　筆記型電腦

스피커
seu pi keo　擴音器

돈
don　錢

지갑	양말
ji gap 錢包	yang mal 襪子
가방	스타킹
ga bang 包包	seu ta king 絲襪
키	구두
ki 鑰匙	gu du 鞋子
옷	우산
ot 衣服	u san 傘
재킷	모자
jae kit 上衣	mo ja 帽子
바지	침대
ba ji 褲子	chim dae 床
긴바지	이불
gin ba ji 長褲	i bul 棉被
반바지	베개
ban ba ji 短褲	be gae 枕頭
치마	침구
chi ma 裙子	chim gu 寢具
원피스	담요
won pi seu 連身洋裝	dam yo 毯子
청바지	칫솔
cheong ba ji 牛仔褲	chit sol 牙刷
운동복	치약
un dong bok 運動服	chi yak 牙膏

샴푸	책
syam pu 洗髮精	chaek 書
린스	커튼
rin seu 潤絲精	keo teun 窗簾
로션	문
ro syeon 乳液	mun 門
화장품	의자
hwa jang pum 化妝品	ui ja 椅子
수건	소파
su geon 毛巾	syo pa 沙發
빗	캐비넷
bit 梳子	kae bi net 收納櫃
휴지	장갑
hyu ji 衛生紙	jang gap 手套
물티슈	수도꼭지
mul ti syu 濕紙巾	su do kkok ji 水龍頭
세탁기	샤워기
se tak gi 洗衣機	sya woe gi 蓮蓬頭
냉장고	선풍기
naeng jang go 冰箱	seonpunggi 電風扇
식탁	렌즈
sik tak 餐桌	ren jeu 隱形眼鏡
책상	안경
chaek sang 書桌	an gyeong 眼鏡

선글라스
seon geul la seu 太陽眼鏡

바디클렌저
ba di keul len jeo 沐浴乳

헤어 드라이기
he eo deu ra i gi 吹風機

슈트 케이스
shoe teu ke i seu 旅行箱

生活會話

A：헤어 드라이기 있어요？
he eo deu ra i gi i sseo yo
有吹風機嗎？

B：침대 옆에 캐비넷 안에 있어요.
chim dae yeop pe kae bi net an e i sseo yo
在床旁邊的收納櫃裡面。

A：열쇠 어디에 있어요？
yeol soe eo di e i sseo yo
鑰匙跑去哪裡了？

B : 아까 책상에서 본 것 같아.

a kka chaek sang e seo bon geot ga ta

我剛才在桌上好像有看到。

A : 아 , 찐자 여기 있네요.

a jjin ja yeo gi it ne yo

啊，真的在這裡耶。

B : 휴지가없어요.

hyu ji ga eop seo yo

沒有衛生紙了。

화장품

hwa jang pum　化妝品

常用單字

화장수
hwa jang su　化妝水

로션
ro syeon　乳液

영양크림
yeong yang keu rim　面霜

마스크팩
ma seu keu paek　面膜

썬크림
sseon keu rim　防曬乳

BB크림
b b keu rim　BB霜

리퀴드 파운데이션
ri kwi deu pa un de i syeon　粉底液

컴팩트
keom paek teu　粉餅

파우더
pa u deo 蜜粉

아이브로우 펜슬
a i beu ro u pen seul 眉筆

아이섀도
a i syae do 眼影

아이라이너
a i ra i neo 眼線筆

속눈썹 뷰러
sok nun sseop byu reo 睫毛夾

마스카라
ma seu ka ra 睫毛膏

인조 눈썹
in jo nun sseop 假睫毛

볼터치
bol teo chi 腮紅

립밤
rip bam 護唇膏

립스틱
rip seu tik 口紅

립글로스
rip geul lo seu 唇蜜

매니큐어
mae ni kyu eo 指甲油

네일 리무버
ne il li mu beo 去光水

향수
hyang su 香水

핸드크림
haen deu keu rim 護手霜

클렌징오일
keul len jing o il 卸妝油

클렌징크림
keul len jing keu rim 卸妝乳

폼클렌징
pom keul len jing 洗面乳

生活會話

A : 화장품 사고 싶어요.
hwa jang pum sa go sip peo yo
我想買化妝品。

B : 어떤 화장품 사고 싶어요 ?
eo tteon hwa jang pum sa go sip peo yo
你想買什麼化妝品 ?

A : 영양크림 사고 싶어요.

yeong yang keu rim sa go sip peo yo

我想買面霜。

A : 그리고 립밤도 필요해요.

geu ri go rip bam do pil ryo hae yo

還有護唇膏也需要。

B : 응 , 알았어요.

eung al ra sseo yo

嗯,我知道了。

相關例句

마스카라 예쁘게 하는법을 가르쳐 주세요.

ma seu ka ra ye ppeu ge ha neun beobeul ga

reu chyeo ju se yo

請教我把睫毛畫漂亮的方法。

아이라이너 추천해 주세요.

a i ra i neo chu cheon hae ju se yo.

請推薦不錯的眼線筆給我。

악세서리

ak se seo ri 飾品

常用單字

목걸이
mok geol ri 項鍊

귀걸이
gwi geol ri 耳環

반지
ban ji 戒指

시계
si gye 手錶

팔찌
al jji 手鍊

발찌
bal jji 腳鍊

가방
ga bang 包包

지갑
ji gap 錢包

넥타이
nek ta i 領帶

허리띠
heo ri tti 皮帶

모자
mo ja 帽子

장갑
jang gap 手套

양말
yang mal 襪子

스타킹
seu ta king 絲襪

신발
sin bal 鞋子

부츠
bu cheu 靴子

하이힐
ha i hil 高跟鞋

구두
gu du 皮鞋

운동화
un dong hwa 運動鞋

몸

mom　身體

常用單字

머리	엉덩이
meo ri 頭	eong deong i 臀部
목	다리
mok 脖子	da ri 腿
어깨	허벅지
eo kkae 肩膀	heo beok ji 大腿
가슴	무릎
ga seum 胸部	mu reup 膝蓋
팔	종아리
pal 手臂	jong a ri 小腿
배	발목
bae 肚子	bal mok 腳踝
허리	발
heo ri 腰	bal 腳
등	손
deung 背	son 手

손가락
son ga rak 手指頭

얼굴
eol gul 臉

이마
i ma 額頭

눈썹
nun sseop 眉毛

눈
nun 眼睛

속눈썹
sok nun sseop 眼睫毛

코
ko 鼻子

입
ip 嘴吧

입술
ip sul 嘴唇

혀
hyeo 舌頭

턱
teok 下巴

귀
gwi 耳朵

相關例句

속눈썹이 길어요.
sok nun sseop bi gil reo yo
眼睫毛好長。

얼굴이 예뻐요.
eol gul ri ye ppeo yo
臉蛋好漂亮。

코를 골았어요.
ko reul gol ra sseo yo
他打呼了。

박수！
bak su
拍手！

왜 눈썹을 찡그려요？
wae nun sseop beul jjing geu ryeo yo
為何皺著眉頭呢？

그는 입술을 핥았어요.
geu neun ip sul reul hal ta sseo yo
他舔了嘴唇。

손 들어봐요.
son deul reo bwa yo
請舉手。

저는 걸어서 학교에 가요.
jeo neun geol reo seo hak gyo e ga yo
我走路去學校。

함께 뛰어요!
ham kke ttwi eo yo
一起跑！

가슴이 뛰어요.
ga seum i ttwi eo yo
心臟撲通跳。

내 목이 땅겨 돌아가지 않아요.
nae mo gi ttang gyeo do ra ga ji a na yo
我落枕了。

배가 나와요.
bae ga na wa yo
肚子凸出來了。

087

옷

ot　衣服

常用單字

셔츠
syeo cheu　襯衫

상의
sang ui　上衣

하의
ha ui　下衣

치마/ 스커트
chi ma/ seu keo teu　裙子

미니 스커트
mi ni seu keo teu　迷你裙

바지
ba ji　褲子

긴바지
gin ba ji　長褲

반바지
ban ba ji　短褲

민소매
min so mae **無袖上衣**

외투/ 자켓
oe tu/ ja ket **外套/ 夾克**

오버코트
o beo ko teu **大衣**

원피스
won pi seu **連身洋裝**

슈트
shoe teu **套裝**

相關例句

옷이 날개다.
o si nal gae da
人要衣裝。

옷을 잘 입었네요.
o seul jal rip beot ne yo
你真的很會穿衣服耶。

마땅한 옷을 입었어요.
ma ttang han o seul i beo sseo yo
穿了合適的衣服。

오버코트 사고 싶어요.
o beo ko teu sa go sip peo yo
我想買大衣。

입어봐도 돼요 ?
ip beo bwa do dwae yo
我可以試穿嗎 ?

미니 스커트를 입지 마세요.
mi ni seu keo teu reul ip ji ma se yo
請不要穿迷你裙。

제 양복 다림질 좀 해주세요.
je yang bok da rim jil jom hae ju se yo
可以幫我熨一下西裝嗎 ?

이 원피스 나한테 어때요 ?
i won pi seu na han te eo ttae yo
我穿這件洋裝看起來如何 ?

088

거리풍경

geo ri pung gyeong　街景

常用單字

도로	야시장
do ro　馬路	ya si jang　夜市
건물	옷 가게
geon mul　建築物	ot ga ge　賣衣服的店
아파트	보석 가게
a pa teu　公寓	bo seok ga ge　珠寶店
건물	은행
geon mul　大廈	eun haeng　銀行
차	우체국
cha　車	u che guk　郵局
식당	주유소
sik dang　餐廳	ju you so　加油站
학교	백화점
hak gyo　學校	baek hwa jeom　百貨公司
교회	편의점
gyo hoe　教堂	pyeon ui jeom　便利商店

공중 전화
gong jung jeon hwa 公共電話

헤어 살롱
he eo sal long 美髮院

교통 신호
gyo tong sin ho 交通號誌

현금 인출기 / ATM
hyeon geum in chul gi / ATM 自動提款機

生活會話

A : 근저에 편의점 있나요？
geun jeo e pyeon ui jeom it na yo
請問附近有便利商店嗎？

B : 있어요. 앞에 은행의 옆에 있어요.
i sseo yo ap pe eun haeng ui yeop pe i sseo
yo
有。在前面那家銀行的旁邊。

A : 감사합니다.
gam sa ham ni da
謝謝。

A：신세계백화점 어디예요？

sin se gye bae kwa jeom eo di ye yo

新世界百貨在哪裡？

B：그 교차로에 왼쪽으로 가면 바로 길의왼쪽에 볼수있어요.

geu gyo cha ro e oen jjok geu ro ga myeon ba ro gil rui oen jjok ge bol su i sseo yo

在那個十字路口左轉直走，在路的左邊可以看到。

A： 걸어서몇분이나걸립니까？

geo reo seomyeot bun inageollimnikka

走路大約要幾分鐘？

B： 10분정도걸립니다.

sip bun jeong do geollimni da

大約要10分鐘。

교통 수단

gyo tong su dan　交通工具

常用單字

비행기
bi haeng gi　飛機

열차
yeol cha　火車

버스
beo seu　巴士，公車

자동차
ja dong cha　汽車

택시
taek si　計程車

자전거
ja jeon geo　腳踏車

헬리콥터
hel li kop teo　直升機

모터 사이클
mo teo sa i keul　摩托車

고속버스
go sok beo seu　高速巴士

지하철
ji ha cheol　地下鐵，捷運

KTX(Korea Train eXpress) 한국고속철도
han guk go sok cheol do　韓國高鐵

生活會話

A : 어떻게 왔어요？
eo tteo ke wa sseo yo
你怎麼來的？

B : 지하철을 타고왔어요.
ji ha cheol reul ta go wa sseo yo
我搭捷運來的。

生活會話

A : 내일 어떻게 인천에가요？
nae il eo tteo ke in cheon e ga yo
明天你要怎麼去仁川？

B：버스를 타고가요.
beo seu reul ta go ga yo
搭巴士去。

A：태워다 드릴까요？
tae woe da deu ril kka yo
要開車載你去嗎？

B：아니요. 괜찮아요.
a ni yo gwaen cha na yo
不用。沒關係。

직업

jik geop　職業

常用單字

선생
seon saeng　老師

회사 직원
hoe sa jik gwon　上班族

사장
sa jang　老闆

교수
gyo su　教授

공무원
gong mu won　政府官員

대통령
dae tong nyeong　總統

요리사
yo ri sa　廚師

작가
jak ga作家

가수
ga su　歌手

화가
hwa ga　畫家

음악가
eum ak ga　音樂家

무용가
mu yong ga　舞蹈家

교통 경찰
gyo tong gyeong chal　交通警察

웨이터
we i teo　服務生

의사
ui sa　醫生

간호사
gan ho sa　護士

生活會話

A : 앞으로 뭘 하고 싶어요 ?
ap peu ro mwol ha go sip peo yo
以後你想當什麼 ?

B : 앞으로 선생님이 되고 싶어요.
ap peu ro seon saeng nim i doe go sip peo yo
我以後想當老師。

A : 저는 간호사 되고 싶어요.
jeo neun gan ho sa doe go sip peo yo
我想當護士。

生活會話

A : 어디에서 일하세요?
eo di e seo il ha se yo
請問你在哪工作?

B : 저는 회사 직원 이에요.
jeo neun hoe sa jik gwon i e yo
我是公司職員。

091

ㄸㅣ

tti　生肖

常用單字

쥐
jwi 鼠

소
so 牛

호랑이
ho rang i 虎

토끼
to kki 兔

용
yong 龍

뱀
baem 蛇

말
mal 馬

양
yang 羊

원숭이
won sung i 猴

닭
dak 雞

개
gae 狗

돼지
dwae ji 豬

A : 무슨 띠 예요?
mu seun tti ye yo
你屬什麼？

B : 나는 토끼띠 예요.
na neun to kki tti ye yo
我屬兔。

B : 지음씨는요? 무슨 띠 예요?
ji eum ssi neun nyo mu seun tti ye yo
智恩呢？ 你屬什麼？

A : 저는 용띠 예요.
jeo neun nyong tti ye yo
我屬龍。

별자리

byeol ja ri 星座

常用單字

양자리
yang ja ri **牡羊座**

황소자리
hwang so ja ri **金牛座**

쌍둥이자리
ssang dung i ja ri **雙子座**

게자리
ge ja ri **巨蟹座**

사자자리
sa ja ja ri **獅子座**

처녀자리
cheo nyeo ja ri **處女座**

천칭자리
cheon ching ja ri **天秤座**

전갈자리
jeon gal ja ri **天蠍座**

사수자리
sa su ja ri **射手座**

염소자리
yeom so ja ri **摩羯座**

물병자리
mul byeong ja ri **水瓶座**

물고기자리
mul go gi ja ri **雙魚座**

(生活會話)

A : 무슨 별자리 예요?
mu seun byeol ja ri ye yo
你是什麼星座？

B : 저요? 처녀자리 예요.
jeo yo cheo nyeo ja ri ye yo
我嗎？ 我是處女座。

A : 처녀자리 닮았어요.
cheo nyeo ja ri dal ma sseo yo
有像處女座。

B：모니카는요？
mo ni ka neun nyo
莫妮卡呢？

A：저는 천칭자리 예요.
jeo neun cheon ching ja ri ye yo
我是天秤座。

B：혈액형이 무엇입니까？
hyeol aek hyeong i mu eo sim ni kka
你是什麼血型？

A：저는 AB형 이에요.
jeo neun AB hyeong i e yo
我是AB型。

093

명동

myeong dong　明洞

常用單字

명동역
myeong dong yeok　明洞站

서울타워
seo wool ta woe　首爾塔

명동 롯데백화점
myeong dong rot de baek hwa jeom　明洞樂天百貨

명동교자
myeong dong gyo ja　明洞餃子

명동칼국수
myeong dong kal guk su　明洞刀削麵

명동예술극장
myeong dong ye sul geuk jang　明洞藝術劇場

生活會話

A：여기 명동 이에요?

yeo gi myeong dong i e yo

這裡就是明洞嗎？

B：네 , 사람 많죠?

ne sa ram man chyo

是啊，人很多吧？

A：아주 많아요.

a ju man na yo

很多。

A：관광객 되게 많아요.

gwan gwang gaek doe ge man na yo

觀光客也超多的。

B：한국 젊은들도 여기서 쇼핑하는것 좋아해요.

han guk jeom meun deul do yeo gi seo syo ping

ha neun geot jo a hae yo

韓國年輕人也很喜歡來這邊逛街。

094

동대문

dong dae mun　東大門

常用單字

동대문역
dong dae mun nyeok　東大門站
동대문 밀리오레
dong dae mun mil li o re　東大門Migliore百貨
동대문 쇼핑몰
dong dae mun syo ping mol　東大門 購物中心
동대문 종합시장
dong dae mun jong hap si jang　東大門 綜合市場
동대문 청계천
dong dae mun cheong gye cheon　東大門 清溪川

生活會話

A : 이것 어때요 ?
i geot eo ttae yo
這件如何 ?

B：예쁘네.

ye ppeu ne

很漂亮。

A：진짜？너무 튀지 않아요？

jin jja neo mu twi ji an na yo

真的？不會過度顯眼嗎？

B：흐흐，조금.

heu heu jo geum

呵呵，有點。

A：이쪽으로 와요.

i jjok geu ro wa yo

我們往這邊走。

이화여자
대학교

i hwa yeo ja dae hak gyo

梨花女子大學

常用單字

이대역
i dae yeok　梨大站

신촌
sin chon　新村

포장마차
po jang ma cha　(布帳馬車)搭篷小吃

닭갈비
dak gal bi　炒雞肉

연세대학교
yean se dae hak gyo　延世大學

生活會話

A：와 , 여기 분위기 대만의 사대야시장이랑 조금 비슷해요.
wa yeo gi bun wi gi dae man ui sa dae ya si jang i rang jo geum bi seut tae yo
哇，這裡的氣氛和台灣師大夜市有點像耶。

B：그래요.
geu rae yo
對呀。

A：화장품 사고 싶어요.
hwa jang pum sa go sip peo yo
我想買化妝品。

B：여기 들어가보자.
yeo gi deul reo ga bo ja
我們進去這裡看看。

B：신촌도 근처에 있는데 , 이따가 가볼래 ?
sin chon do geun cheo e it neun de i tta ga ga bol lae
新村也在這附近，等一下要不要去看看呢？

인사동

in sa dong　仁寺洞

096

常用單字

인사동 쌈지길
in sa dong ssam ji gil　仁寺洞 三支路(音譯)

인사동 카페
in sa dong ka pe　仁寺洞 咖啡廳

스타벅스커피
seu ta beok seu keo pi　星巴克咖啡

북촌한옥마을
book chon han ok ma eul　北村韓屋村

한복
han bok　韓服

삼청동
sam cheong dong　三清洞

生活會話

A : 여기에서 한국문화를 잘 느낄 수있어요.
yeo gi e seo han guk mun hwa reul jal neu kkil
su i sseo yo
在這裡能夠感受到韓國的文化。

B : 선물을 사야겠다.
seon mul reul sa ya get da
應該要買些禮物了。

A : 기념품 하나 사줄게요.
gi nyeom pum ha na sa jul ge yo
那我要送你一個紀念品。

B : 진짜？ 고마워요.
jin jja go ma woe yo
真的嗎？ 謝謝。

A : 아니에요.
a ni e yo
不會。

097

홍익대학교

hong ik dae hak gyo　弘益大學

常用單字

홍대역
hong dae yeok　弘大站

프리마켓
peu ri ma ket　自由市場

커피프린스 1호점
keo pi peu rin seu il ho jeom　咖啡王子 1號店

홍대 롯데시네마
hong dae rot de si ne ma　弘大樂天電影院

상상마당
sang sang ma dang　想像庭園

秀노래방
show no rae bang　秀KTV

生活會話

A : 영화 보러 가요 ?

yeong hwa bo reo ga yo

要不要去看電影？

B : 응...

eung

嗯…

A : 아니면 클럽 갈까요 ?

a ni myeon keul leop gal kka yo

還是要去夜店呢？

B : 맛있는 것 먼저 먹고 싶어요.

mat nit neun geot meon jeo meok go sip peo yo

我想先吃一點好吃的東西。

A : 좋아요. 카페숍 좋아 , 아니면 식당 좋아요 ?

jo a yo ka pe syop jo a a ni myeon sik dang jo a

yo

好。 那要去咖啡館還是餐廳呢？

남대문

nam dae mun 南大門

남대문시장
nam dae mun si jang　南大門市場

회현역
hoe hyeon yeok　會賢站

식구
sik gu　餐具

가방
ga bang　包包

장갑
jang gap　手套

신발
sin bal　鞋子

生活會話

A：여기에 물건이 많아요！
yeo gi e mul geon i man na yo
這裡東西好多喔！

B：그리고 싸요.
geu ri go ssa yo
而且很便宜。

A：먹는 것도 많아요.
meok neun geot do man na yo
吃的東西也好多。

B：호떡 먹고 봤어요？
 ho tteok meok go bwa sseo yo
你吃過甜餅嗎？

A：아니요.
a ni yo
沒有。

B：먹고 봐요. 사 줄께.
meok go bwa yo sa jul kke
吃看看吧。我請你吃。

경복궁

gyeong bok gung　景福宮

常用單字

경복궁역
gyeong bok gung yeok　景福宮站
박물관
bak mul gwan　博物館
궁궐
gung gwol　宮殿
행사
haeng sa　儀式
삼계탕
sam gye tang　蔘雞湯
명성황후
myeong seong hwang hu　明成皇后

生活會話

A：표 샀어요！
pyo sa sseo yo
票買好了！

A：들어가자！
deul reo ga ja
進去吧！

B：아름다워요！
a reum da woe yo
好美喔！

A：그래요.
geu rae yo
是啊。

A：해설듣고 싶어요？
hae seol deut go si peo yo
要聽解說嗎？

B：네.
ne
要。

🔊
100

한국 지명

han guk ji myeong 韓國各地名

常用單字

서울
eo wool 首爾

인천
in cheon 仁川

대전
dae jeon 大田

대구
dae gu 大邱

부산
bu san 釜山

광주
gwang ju 光州

울산
wool san 蔚山

경기도
gyeong gi do 京畿道

강원도
gang won do　江原道

충청남도
chung cheong nam do　忠清南道

충청북도
chung cheong book do　忠清北道

경상북도
gyeong sang book do　慶尚北道

경상남도
gyeong sang nam do　慶尚南道

전라북도
jeon la book do　全羅北道

전라남도
jeon la nam do　全羅南道

제주도
je ju do　濟州島

生活會話

A：고향이 어디예요？
go hyang i eo di ye yo
你的故鄉在哪裡？

B : 광주예요.
gwang ju ye yo
光州。

A : 어디 출신 이에요.
eo di chul sin i e yo
你是哪裡出身的？

B : 저는 부산 출신 이에요.
jeo neun bu san chul sin i e yo.
我是釜山出身的。

超好學
韓語40音

第六章
日常用語

您好！初次見面！

生活會話

A : 안녕 하세요 ?
an nyeong ha se yo?
您好？

B : 안녕 하세요 ?
an nyeong ha se yo?
您好？

A : 저는 티파니예요. 이름이 뭐예요 ?
jeo neun ti pa ni ye yo i reum i mwo ye yo
我是蒂芬妮。你叫什麼名字？

B : 저는 송승헌 입니다.
jeo neun song seung heon im ni da
我是宋承憲。

A : 반갑습니다 !
ban gap seum ni da
很高興認識你！

102

好久不見！ 最近好嗎？

生活會話

A : 제시카 !
je si ka
潔西卡！

B : 오 , 택연씨 !
o taek yeon ssi
喔，澤演！

A : 오래간만이에요.
o rae gan man i e yo
好久不見。

B : 그래요. 요즘 잘 지냈어요 ?
geu rae yo yo jeum jal ji nae sseo yo
是啊。 最近過得好嗎？

A : 잘 지냈어요. 제시카는요 ?
jal ji nae sseo yo je si ka neun nyo
過得很好。 潔西卡呢？

B：괜찮아요.
gwaen chan na yo
還可以。

A：내일 스케줄 있어서 해변에 갈거예요！
nae il seu ke jul ri sseo seo hae byeon e gal geo
ye yo
我明天有行程所以要去海邊！

B：와，부러워요. 나도 해변에 가고 싶어요.
wa bu reo woe yo na do hae byeon e ga go sip
peo yo
哇，好羨慕。我也想去海邊。

A：그래요？ 그럼 같이갈까？
geu rae yo geu reom ga chi gal kka
是嗎？ 那就一起去囉？

B：에～
e~
欸～

103

再見！

生活會話

A : 가야겠다. 다음에 봐요.
ga ya get da da eum e bwa yo
我得走了。下次見。

B : 예 , 다음에 봐요.
ye da eum e bwa yo
好的，下次見。

生活會話

A : 그럼 먼저 가겠습니다.
geu reom meon jeo ga get seum ni da
那我就先走囉。

B : 예 , 조심히가 !
ye jo shim hi ga
好，小心走！

生活會話

A：안녕히 계세요！

an nyeong hi gye se yo

再見！(對留在原地的人說)

B：안녕히 가세요！

an nyeong hi ga se yo

再見！(對要離開原處的人說)

生活會話

A：안녕！

an nyeong

掰掰！(朋友之間的用語)

B：안녕！

an nyeong

掰掰！

謝謝/不客氣

生活會話

A：감사합니다.
gam sa ham ni da
謝謝。感謝。

B：천만에요.
cheon man e yo
不客氣。

生活會話

A：고마워요.
go ma woe yo
謝謝。

B：아니에요.
a ni e yo
不會。

對不起/沒關係

生活會話

A：죄송합니다.
joe song ham ni da
對不起。

B：괜찮아요.
gwaen chan na yo
沒關係。

生活會話

A：미안해요.
mi an hae yo
抱歉。

B：괜찮아요.
gwaen chan na yo
沒關係。

問路

生活會話

A : 신촌역은 어디에 있어요 ?
sin chon nyeok geun eo di e i sseo yo
請問新村站在哪裡 ?

B : 이길을 쭉 ~ 가시면돼요.
i gil reul jjuk~ ga si myeon dwae yo
沿這條路一～直走就可以到。

A : 롯데백화점 어디에 있어요 ?
rot de baek hwa jeom eo di e i sseo yo
請問樂天百貨在哪裡 ?

B : 저 쪽으로 가세요.
jeo jjok geu ro ga se yo
請往那邊走。

生活會話

A：화장실 어디예요？

hwa jang sil reo di ye yo

請問化妝室在哪裡？

B：이쪽 끝에 있어요.

i jjok kkeut chi i sseo yo

在這邊走到底。

生活會話

A：실례하지만，연세대가 이 근처에 있어요？

sil lye ha ji man yearn se dae ga i geun cheo e i

sseo yo

不好意思，請問延世大在這附近嗎？

B：저기서 오른쪽으로 돌아간 후 10분 걸으면

도착할 거예요.

jeo gi seo o reun jjok geu ro dol ra gan hu 10bun

geol reu myeon do chak hal geo ye yo

在那邊右轉，走10分鐘就會到。

生活會話

A : 여기서 제일 가까운 지하철 역은 어디에 있어요?

yeo gi seo je il ga kka un ji ha cheol ryeok geun eo di e i sseo yo

請問離這裡最近的地下鐵站在哪裡？

B : 시청역 이에요. 저쪽에 있어요.

si cheong yeok gi e yo jeo jjok ge i sseo yo

市廳站。在那邊。

A : 예 , 감사합니다.

ye gam sa ham ni da

好的，謝謝。

點餐

生活會話

A : 불고기 이인분 주세요.
bul go gi i in bun ju se yo
烤肉兩人份。

B : 네 , 바로 드릴게요.
ne ba lo deu lil ge yo
好，馬上送來。

A : 반찬 더 주세요.
ban chan deo ju se yo
請再給我小菜。

A : 야채 더 주세요.
ya chae deo ju se yo
請再給我包肉的蔬菜。

生活會話

A : 해물탕 하나 , 삼계탕 두 개 주세요.

hae mul tang ha na sam gye tang du gae ju se yo

海鮮湯一份，蔘雞湯兩份。

B : 예.

ye

好。

A : 해물탕 맵지 않게 해 주세요.

hae mul tang maeb ji anh ge hae ju se yo

海鮮湯請做成不辣的。

生活會話

A : 안녕하세요. 닭갈비 사인분 주세요.

an nyeong ha se yo dalg gal bi sa in bun ju se yo

你好。請給我們四人份的炒雞肉。

A : 매워요 ?

mae woe yo?

會辣嗎 ?

B：조금 매워요.
jo geum mae woe yo
有一點辣。

B：맛 있어요.
mas iss eo yo
好吃。

A：조금만맵게만들어주세요.
jogeum man maepge man deu reo ju se yo
請做成小辣的。

108

我愛你/我喜歡你

相關例句

사랑해요.
sa rang hae yo
我愛你。

사랑해.
sa rang hae
我愛你。(半語，親近的用語)

사랑한다.
sa rang han da
我愛你。(表達我愛著你的意思)

같이 있으면 행복해요.
gat chi it seu myeon haeng bo kae yo
跟你在一起時很幸福。

평생 나랑 같이 있어줘.
pyeong saeng na rang gat chi i sseo jwo
請你一輩子都和我在一起。

나와 결혼해줄래요 ?
na wa gyeol hon hae jul lae yo
你願意和我結婚嗎 ?

행복하게 해줄게요.
haeng bok ha ge hae jul ge yo
我會給妳幸福。

당신 없을면 못살아요.
dang sin eop seul myeon mot sal ra yo
我沒有你不能活。

좋아해요.
jo a hae yo
我喜歡你。

보고싶어요.
bo go sip peo yo
我想你。

109

加油

화이팅!
hwa i ting
加油！

파이팅!
pa i ting
加油！

힘 내세요.
him nae se yo
加油喔！

아자 아자!
a ja a ja
加油！

빠샤!
ppa sya
加油！

기운을 내자!
gi un eul lae ja
加油喔！

힘내.
him nae
加油喔。

힘내라.
him nae ra
加油吧！

很棒

相關例句

좋아요.
jo a yo
好棒。

짱이다.
jjang i da
讚!

최고 !
choe go
最棒!(最高)

최고다 !
choe go da
最棒!(最高)

대박 !
dae bak
太棒了!真厲害!

대단해요！
dae dan hae yo
厲害！

멋지다！
meot ji da
太帥了！

신기하다！
sin gi ha da
好神奇！

끝내주다！
kkeut nae ju da
太絕了！／太棒了！（非正式）

很有趣、好高興、好幸福

相關例句

재미있어요.
jae mi i sseo yo
很有趣。

웃겨요.
ut gyeo yo
好好笑喔。

즐거워요.
jeul geo woe yo
很開心。

기분이 좋아요.
gi bun i jo a yo
心情真好。

기뻐요.
gi ppeo yo
好高興。

행복해요 !
haeng bo kae yo
好幸福唷！

감동 받았어요.
gam dong bat da sseo yo
好感動喔。

같이 있으면 마음이 편해요.
gat chi i sseu myeon ma eum i pyeon hae yo
跟你在一起我覺得心情很舒服。

안심해요.
an shim hae yo
感到安心。

치유를 받았어요.
chi you reul bat da sseo yo
得到醫治。

111

真的嗎？

相關例句

정말？
jeong mal
真的嗎？

진짜？
jin jja
真的嗎？

그래요？
geu rae yo
是嗎？

정말요？
jeong mal ryo
真的嗎？

확실해요？
hwak sil hae yo
你確定？

진심 이에요 ?
jin shim i e yo
你是真心的嗎 ?

사실 이에요 ?
sa sil ri e yo
是真的嗎 ?

장난 아니에요 ?
jang nan a ni e yo
不是在開玩笑吧 ?

生活會話

A : 이번에는 제가 한턱 낼게요.
i beon e neun je ga han teok nael ge yo
這次我請客。

B : 정말요 ? 선생님 짱 이에요 !
jeong mal ryo seon saeng nim jjang i e yo
真的嗎 ? 老師太讚了 !

好啊

相關例句

좋아.
jo a
好啊。

좋아요.
jo a yo
好啊。

生活會話

A : 밥 사줄까요?
bap sa jul kka yo
要不要請你吃飯呢？

B : 좋아요.
jo a yo
好啊。

生活會話

A：우리 식사 하러갈까？
u ri sik sa ha reo gal kka
我們去吃飯，如何？

B：응，그래.
eung geu rae
嗯，好。

（生活會話）

A：같이 사진 찍어요？
gat chi sa jin jjik geo yo
要一起拍照嗎？

B：네.
ne
好。

（生活會話）

A：내일 쇼핑할까？
nae il syo ping hal kka
明天要不要一起去逛街呢？

B : 좋아요.
jo a yo
好。

A : 같이 갈래?
ga chi gal lae
要一起去嗎？

B : 네 , 같이 가자.
ne ga chi ga ja
好，一起去吧。

A : 내일 밤에 시간 있어요?
nae il bam e si gan i sseo yo
明天晚上有空嗎？

B : 왜요?
wae yo
怎麼了？

A：나랑 대학로에 같이 갈래요 ?
na rang dae hak no e ga chi gal lae yo
要不要和我一起去大學路 ?

B：응. 좋아요.
eung jo a yo
嗯，好啊。

A：그럼 , 우리언제만날까요 ?
geu reom u ri eon je man nal kka yo
那麼，我們要約幾點 ?

B：7시 ?
il gop si
七點 ?

A：오케이.
o ke i
OK.

113

是/不是

生活會話

A : 학생 이에요?
hak saeng i e yo
你是學生嗎?

B : 네. 맞아요.
ne ma ja yo
是。沒錯。

生活會話

A : 외국 사람 이에요?
oe guk sa ra mi e yo
你是外國人嗎?

B : 네.
ne
是。

A：한국 사람 이에요？
han guk sa ram i e yo
你是韓國人嗎？

B：아니에요.
a ni e yo
不是。

生活會話

A：밥 먹었어요？
bap meok geo sseo yo
吃過飯了嗎？

B：아니요.
a ni yo
沒有。

認識新朋友

生活會話

A：안녕하세요?
an nyeong ha se yo
您好嗎?

B：안녕하세요?
an nyeong ha se yo
您好嗎?

A：어디에서 왔어요?
eo di e seo wa sseo yo
你是從哪裡來的?

B：대만.
dae man
台灣。

A：저는 황찬성입니다. 이름이 뭐예요?
jeo neun hwang chan seong im ni da i reum i
mwo ye yo
我是黃燦成。你叫什麼名字?

B : 저는 임미아입니다. 반갑습니다 !

jeo neun im mi a im ni da ban gap seum ni da

我是林美雅。很高興認識你！

A : 만나서 반갑습니다 ! 몇 살이에요 ?

man na seo ban gap seum ni da myeot sal ri e
yo

很高興見到你！你幾歲？

B : 스무살 이에요.

seu mu sal ri e yo

我二十歲。

A : 저는 스물세살 이에요.

jeo neun seu mul se sal ri e yo

我二十三歲。

115

肚子餓

生活會話

A：배고파요.
bae go pa yo
肚子餓。

B：저도요.
jeo do yo
我也是。

A：우리 뭐 먹을까요？
u ri mwo meok geul kka yo
我們去吃點什麼如何？

B：그래요. 뭘 먹고싶어？
geu rae yo mwol meok go sip peo
好哇。你想吃什麼？

A：아무것이나.
a mu geo si na
隨便都好。

B : 국수 만두 그런 거 좋아요 ?
guk su man du geu reon geo jo a yo
麵和水餃那一類的你喜歡嗎?

A : 응.
eung
嗯。

A : 아 , 이식당 맛있어요. 먹어볼래?
a i sik dang ma si sseo yo meok geo bol lae
啊,這家餐館很好吃。要吃吃看嗎?

B : 네.
ne
好。

A : 들어가자 !
deul reo ga ja
我們進去吧!

116

吃飯

生活會話

A : 맛있게 드세요.
mas iss ge deu se yo
請好好享用。

B : 잘 먹겠습니다.
jal meog gess seum ni da
我開動了。

B : 이거 뭐예요 ?
i geo mwo ye yo
這是什麼 ?

A : 물냉면 이에요.
mul naeng myeon i e yo
水冷麵。

B : 맛있어요 ?
ma si sseo yo
好吃嗎 ?

A : 맛있어요. 먹고 봐요.
ma si sseo yo　meok go bwa yo
好吃。你吃吃看。

B : 우 , 신기한 맛 이에요.
u sin gi han ma si e yo
嗚，神奇的味道。

生活會話

A : 식사하세요.
sig sa ha se yo
請用餐。

B : 응 , 바로갈게.
eung ba lo gal ge
嗯，我馬上過去。

好吃。

生活會話

A : 주문하시겠습니까?
ju mun ha si get seum ni kka
請問要點餐了嗎?

B : 아이스크림 와플 주세요.
a i seu keu lim wa peul ju se yo
我要一份冰淇淋鬆餅。

C : 딸기 와플 주세요.
ttal gi wa peul ju se yo
我要一份草莓鬆餅。

B : 냉홍차주세요.
naeng hong cha ju se yo
請給我冷紅茶。

C : 저는 핫 밀크티.
jeo neun hat mil keu ti
我要熱奶茶。

B：와！예뻐요！
wa ye ppeo yo
哇！好漂亮！

A：먹고 봐요.
meok go bwa yo
吃吃看。

A：맛이 어때요？
ma si eo ttae yo
味道如何？

B：완전 좋아요！
wan jeon jo a yo
真是太棒了！

A：아！맛있어요！
a ma si sseo yo
啊！真好吃！

厲害！

118

相關例句

노래 잘하시네요 !
no rae jal ha si ne yo
你歌唱得真好！

대단해요 !
dae dan hae yo
很厲害！

중국어 할 수 있어요 ?
jung guk geo hal su i sseo yo
你會説中文？

대단해요 !
dae dan hae yo
很厲害！

잘 했어요 !
jal hae sseo yo
做得好！

第六章 日常用語　281

我是台灣人。

生活會話

A：저는 대만 사람 이에요.
jeo neun dae man sa ram i e yo
我是台灣人。

B：저는 한국 사람 이에요.
jeo neun han guk sa ram i e yo
我是韓國人。

A：왜 이렇게 중국어 잘해요 ?
wae i reo ke jung guk geo jal hae yo
為什麼你中文說得這麼好？

B：어머니께서 중국사람 이에요.
eo meo ni kke seo jung guk sa ram i e yo
我的媽媽是中國人。

A：아버지는요 ?
a beo ji neun nyo
爸爸呢？

B : 한국 사람 이에요.
han guk sa ram i e yo
是韓國人。

A : 그렇구나.
geu reo ku na
原來如此。

生活會話

A : 헬렌은 어느 나라 사람 이에요?
hel len eun eo neu na ra sa ram i e yo
海倫是哪個國家的人？

B : 저는 이탈리아 사람 이에요.
jeo neun i tal li a sa ram i e yo
我是義大利人。

A : 반가워요.
ban ga woe yo
很高興見到你。

有/沒有

生活會話

A : 휴지 있어요?
hyu ji i sseo yo
有衛生紙嗎？

B : 있어요.
i sseo yo
有。

A : 좀 주세요.
jom ju se yo
請給我一些。

生活會話

A : 신용 카드 있어요?
sin nyong ka deu i sseo yo
你有信用卡嗎？

B : 없어요.
eop seo yo
沒有。

生活會話

A : 언니 여기 있어요?
eon ni yeo gi i sseo yo
姐姐有在這邊嗎？

B : 아니요. 여기 없어요.
a ni yo yeo gi eop seo yo
沒有。不在這裡。

A : 어디에 있어요?
eo di e i sseo yo
在哪裡呢？

B : 몰라요.
mol la yo
不知道。

生活會話

A : 재미 있어요?
jae mi i sseo yo
有趣嗎?

B : 네, 재미 있어요.
ne jae mi i sseo yo
有，很有趣。

（生活會話）

A : 이것 사주세요.
i geot sa ju se yo
買這個給我。

B : 돈이 없어요.
don i eop sseo yo
我沒錢。

121

打電話

生活會話

A : 여보세요 ? 이준기씨 계세요 ?
yeo bo se yo i jun gi ssi gye se yo
喂 ? 請問李準基在嗎 ?

B : 방금전에 나갔어요. 누구세요 ?
bang geum jeon e na ga sseo yo nu gu se yo
他剛剛出去了。請問是誰 ?

A : 전 준기의 친구 예요.
jeon jun gi ui chin gu ye yo
我是準基的朋友。

B : 메시지를 남겨 줄까요 ?
me si ji reul lam gyeo jul kka yo
要幫你留言嗎 ?

A : 아니요 , 괜찮아요. 다시 핸드폰으로 전화 해
볼게요.

a ni yo gwaen chan na yo da si haen deu pon
eu ro jeon hwa hae bol ge yo

不用，沒關係。我再打他的手機。

生活會話

A : 여보세요? 스테파니 계세요?

yeo bo se yo seu te pa ni gye se yo

喂？請問Stephanie在嗎？

B : 잘못 거신 것 같습니다.

jal mot geo sin geot gat seum ni da

您好像打錯了。

A : 미안합니다. 잘못 걸었습니다.

mi an ham ni da jal mot geo reot seum ni da

對不起。我打錯了。

你在哪裡工作？

生活會話

A：어디에서 일하세요？
eo di e seo il ha se yo
你在哪裡工作？

B：서울에 전자회사에서 일하고있어요.
seo wool e jeon ja hoe sa e seo il ha go i sseo
yo
我在首爾的一家電子公司上班。

B：무슨 일을 하세요？
mu seun il reul ha se yo
你的工作是什麼？

A：저는 교사 예요.
jeo neun gyo sa ye yo
我是老師。

行/不行

生活會話

A : 여기에 앉으면 안될까요?
yeo gi e an jeu myeon an doel kka yo
我可以坐這兒嗎?

B : 네 , 괜찮아요.
ne gwaen chan na yo
可以,沒關係。

A : 뭐 하나 물어봐도 돼요?
mwo ha na mul reo bwa do dwae yo
我可以問你一件事嗎?

B : 안돼요.
an dwae yo
不行/不可以。

好熱/好冷

相關例句

덥다./ 춥다.
deop da chup da
好熱。/好冷。

더워요.
deo woe yo
好熱啊。

추워요.
chu woe yo
好冷喔。

따뜻해요.
tta tteut tae yo
好溫暖喔。

시원해요.
si won hae yo
好舒服/好涼爽。

請…

相關例句

앉으세요.
an jeu se yo
請坐。

드세요.
deu se yo
請享用。

차 드세요.
cha deu se yo
請喝茶。

말씀하세요.
mal sseum ha se yo
請說。

편하게 하세요.
pyeon ha ge ha se yo
請便。

마음 놓으세요.
ma eum no eu se yo
請放心。

울지마세요.
wool ji ma se yo
不要哭嘛。

걱정 하지 마세요.
geok jeong ha ji ma se yo
請不要擔心。

고추장 주세요.
go chu jang ju se yo
請給我辣椒醬。

용서 해 주세요.
yong seo hae ju se yo
請原諒我。

전화 받으세요.
jeon hwa ba deu se yo
請接電話。

이멜 주소 알려주세요.

i mel ju so al lyeo ju se yo

請給我您的email。

노래 한 곡 불어 주세요.

no rae han gok bu reo ju se yo

請你唱一首歌。

사 줄게요.

sa jul ge yo

我買給你。／ 我送你。

生活會話

A : 안녕하세요?

an nyeong ha se yo

您好嗎?

B : 매니저 계세요?

mae ni jeo gye se yo

請問經理在嗎?

A : 잠시 기다리세요.

jam si gi da ri se yo

請稍等一下。

A : 성함이 어떻게 되세요?

seong ha mi eo tteo ke doe se yo

請問您的姓名是?

B : 정용화 입니다.

jeong yong hwa im ni da

鄭容和。

A : 여기 앉으세요. 매니저 바로 올게요.

yeo gi an jeu se yo mae ni jeo ba ro ol ge yo

請坐在這邊。經理馬上就過來。

A : 커피 드실래요, 홍차 드실래요?

keo pi deu sil lae yo hong cha deu sil lae yo

請問您要喝咖啡還是紅茶?

B : 홍차로 할게요, 고마워요.

hong cha ro hal ge yo go ma woe yo

紅茶,謝謝。

我想要…

相關例句

하고 싶어요.
ha go si peo yo
想做。

노래 하고 싶어요.
no rae ha go si peo yo
想唱歌。

샤워 하고 싶어요.
sya woe ha go si peo yo
想洗澡。

자고 싶어요.
ja go si peo yo
想睡。

집에 가고 싶어요.
ji be ga go si peo yo
我想回家。

놀러 가고 싶어요.
nol leo ga go si peo yo
我想去玩。

스키를 타고 싶어요.
seu ki reul ta go si peo yo
我想要滑雪。

웅동 하고 싶어요.
ung dong ha go si peo yo
想運動。

불고기 먹고 싶어요.
bul go gi meok go si peo yo
我想吃韓式烤肉。

不知道

相關例句

몰라요.
mol la yo
不知道。

모르겠어요.
mo reu ge sseo yo
不知道耶。

잘 모르겠어요.
jal mo reu ge sseo yo
我不是很清楚耶。

生活會話

A：네 핸드폰 봤어요？
ne haen deu pon bwa sseo yo
你有看到我的手機嗎？

B : 못 봤어요.
mot bwa sseo yo
沒看到。

A : 아까 여기 아니에요 ?
a kka yeo gi a ni e yo
剛剛不是在這裡嗎？

B : 모르겠어요.
mo reu ge sseo yo
不知道耶。

A : 어디 갔지 ?
eo di gat ji
跑到哪去了？

B : 가방안에없어요 ?
ga bang a ne eop seo yo
沒有在包包裡嗎？

拜託

相關例句

부탁해요.
bu ta kae yo
拜託。

부탁 드립니다.
bu tak deu rim ni da
拜託您。

生活會話

A : 부탁 할 것이 있습니다.
bu tak hal geo si it seum ni da
有事相求。

B : 말해봐요.
mal hae bwa yo
説説看。

生活會話

A : 부탁 할 것 한가지 있습니다.
bu tak hal geot han ga ji it seum ni da
我有一件事想拜託你。

B : 뭔데?
mwon de
什麼事?

A : 하나 부탁해도 돼요?
ha na bu ta kae do dwae yo
可以拜託你一件事嗎?

B : 말씀하세요.
mal sseum ha se yo
請說。

A : 아까 그 얘기 아무한테도 말하지 마시오.
a kka geu yae gi a mu han te do mal ha ji ma si o
剛剛我們說的話不要跟別人說。

和朋友出去玩

生活會話

주말에 뭐 했어요?
ju ma re mwo hae sseo yo
你週末做了什麼？

친구들이랑 놀았어요.
chin gu deu ri rang no ra seo yo
和朋友去玩。

어디로 갔어요?
eo di ro ga sseo yo
去哪裡？

대둔산 갔어요.
dae dun san ga sseo yo
我們去了大屯山。

와! 재미있었겠네.
wa jae mi i seot get ne
哇！應該很好玩吧。

네 , 재미있었어요.

ne jae mi i sseo sseo yo

是啊，很好玩。

누구랑 같이 갔어요 ?

nu gu rang ga chi ga sseo yo

和誰一起去？

지혜 와 정은.

ji hye wa jeong eun.

智慧和情恩。

誰？

生活會話

A : 여보세요？
yeo bo se yo
喂？

B : 어디요？
eo di yo
在哪？

A : 누구세요？
nu gu se yo
你是誰？

B : 지혜예요.
ji hye ye yo
我是智慧。

A : 왠 일이에요？
waen i ri e yo
怎麼了？

B：지금 바빠요?

ji geum ba ppa yo

你現在在忙嗎？

A：아니. 괜찮아요.

a ni gwaen chana yo

沒有。還好。

A：무슨일 생겼어요 ? 괜찮니 ?

mu seun il saeng gyeo sseo yo gwaen chan ni

發生什麼事了 ? 你還好吧 ?

B：응 , 그냥 조금 슬퍼요.

eung geu nyang jo geum seul peo yo

嗯，只是有點傷心。

A：그래 ? 있다가 나랑 같이 어디 좀 갈까 ? 술 한 잔 할래 ?

geu rae it da ga na rang ga chi eo di jom gal kka sul han jan hal lae

是喔 ? 等一下要不要和我一起出去 ? 要喝酒嗎 ?

B : 흐흐 난 술을 마시면 안돼.

heu heu nan sul reul ma si myeon an dwae

呵呵。我不能喝酒。

A : 응 , 그럼 산책 가고 싶어요 ? 풍경이 아른다운 곳으로 갈까 ?

eung geu reom san chaek ga go si peo yo pung gyeong i a reun da un go seu ro gal kka

嗯，不然你想去散散心嗎？去風景不錯的地方如何？

B : 네 , 가고싶어요.

ne ga go si peo yo

好，我想去。

生活會話

A : 아까 그분은 누구예요 ?

a kka geu bu neun nu gu ye yo

剛剛那位是誰？

B : 제 아내 예요.

je a nae ye yo

我的太太。

A : 부인이 참 미인이시네요.

bu i ni cham mi in i si ne yo

夫人真是美人呢。

生活會話

A : 이 메모는 누구한테서 온 거죠？

i me mo neun nu gu han te seo on geo jyo

這是誰留給我的memo？

B : 사장님.

sa jang nim

社長。

哪裡？

生活會話

어디요?
eo di yo
你在哪？

집에 있어요.
ji be i sseo yo
在家。

어디에 있어요?
eo di e i sseo yo
你在哪裡？

회사에 있어요.
hoe sa e i sseo yo
我在公司。

어디 가요?
eo di ga yo
你要去哪裡？

편의점에 가요.

pyeon ui jeo me ga yo

我要去便利商店。

화장실이 어디예요?

hwa jang si ri eo di ye yo

化妝室在哪裡？

저기에 있어요.

jeo gi e i sseo yo

在那裡。

你在做什麼？

相關例句

뭐 했어？
mwo hae sseo
你剛剛做了什麼？

뭐 하니？
mwo ha ni
你在做什麼呢？

뭐해요？
mwo hae yo
你在做什麼？

生活會話

A：지금 뭐해요？
ji geum mwo hae yo
你現在在做什麼？

B : 아무것도 안해요.
a mu geot do an hae yo
沒做什麼。

A : 그냥 쉬고 있어요.
geu nyang swi go i sseo yo
我只是在休息。

B : 그래요?
geu rae yo
是嗎?

生活會話

A : 뭐 하니?
mwo ha ni
你在做什麼呢?

B : 아니야.
a ni ya
沒有啊。

你說什麼？

相關例句

뭐라고 했어요？
mwo ra go hae sseo yo
你剛剛說什麼？

천천히 말씀해 주시겠어요？
cheon cheon hi mal sseum hae ju si ge sseo yo
可以慢慢說嗎？

다시 말씀해 주시겠어요？
da si mal sseum hae ju si ge sseo yo
可以再說一次嗎？

무슨 뜻이에요？
mu seun tteu si e yo
什麼意思？

이해가 안돼요.
i hae ga an dwae yo
我不懂？

134

什麼時候？

相關例句

언제요？
eon je yo
什麼時候？

언제 다시 만나요？
eon je da si man na yo
我們什麼時候再見面？

언제 같이 먹어요？
eon je ga chi meo geo yo
什麼時候一起吃飯？

언제 왔어요？
eon je wa sseo yo
什麼時候來的？

생일이 언제예요？
saeng i ri eon je ye yo
你的生日是什麼時候？

生活會話

A：미래에 대해서 어떤 계획이 있어요 ?
mi rae e dae hae seo eo tteon gye hoe gi i sseo
yo
你對未來有什麼計畫 ?

B：유럽에 갈 계획이 있어요.
you reo be gal gye hoe gi i sseo yo
我有去歐洲的計畫。

A：예정은 언제 예요 ?
ye jeong eun eon je ye yo
預計什麼時候去 ?

B：아마 졸업하고난 후에 갈 거예요.
a ma jo reop pa go nan hu e gal geo ye yo
應該是我畢業之後去吧。

135

有空嗎？

相關例句

시간 있어요 ?
si gan i sseo yo
有空嗎？

바빠요 ?
ba ppa yo
你在忙嗎？

生活會話

A : 오늘 퇴근 후에 시간이 있어요 ?
o neul toe geun hu e si ga ni i sseo yo
今天下班之後你有空嗎？

B : 왜요 ?
wae yo
怎麼了？

A : 민혁씨 와 같이 파티를 준비 하면 안될까
요?
min hyeok ssi wa ga chi pa ti reul jun bi ha
myeon an doel kka yo
你可以和敏赫一起準備派對的東西嗎?

B : 어떤준비를해야하나요?
eo tteon jun bi reul hae ya ha na yo
要準備什麼呢?

A : 민혁씨알아요. 같이준비하면돼요.
min hyeok ssi a ra yo ga chi jun bi ha myeon
dwae yo
敏赫知道。你只要跟他一起準備就可以了。

為什麼？怎麼了？

相關例句

왜요?
wae yo
為什麼？

왜?
wae
為什麼？(半語，朋友用語，比較沒有禮貌)

무슨 일이에요?
mu seun i ri e yo
什麼事？

무슨 일 있어요?
mu seun il ri sseo yo
有什麼事嗎？

왜 그래요?
wae geu rae yo
怎麼會那樣？

第六章 日常用語　317

生活會話

A：지은이 울고 있어요.
ji eun i wool go i sseo yo
智恩現在在哭。

B：왜요？
wae yo
怎麼了？

A：남자 친구랑 싸우는 것 같아요.
nam ja chin gu rang ssa u neun geot ga ta yo
好像是和男朋友吵架了。

B：아. 어떡해？
a eo tteo kae
啊，怎麼辦？

如何？

相關例句

어때?
eo ttae
如何？

어때요?
eo ttae yo
如何呢？

그사람 어때요?
geu sa ram eo ttae yo
那個人如何呢？

학교 생활 어때요?
hak gyo saeng hwal eo ttae yo
學校生活如何？

生活會話

A : 이사를 했다면서요 ?
i sa reul haet da myeon seo yo
聽説你搬家了 ?

B : 그래요.
geu rae yo
是啊。

A : 새 집은 어때요 ?
sae ji beun eo ttae yo
新家如何呢 ?

B : 마음에 들어요.
ma eu me deu reo yo
很滿意。

生活會話

A : 이웃 어때요 ?
i ot eo ttae yo
這衣服如何 ?

B : 잘 어울려요.

jal eo wool ryeo yo

很適合你。

(生活會話)

A : 이번 공연에 대해서 어떻게 생각하세요?

i beon gong yeon e dae hae seo eo tteo ke

saeng ga ka se yo

你對這次表演有什麼看法？

B : 최고!

choe go

太棒了！

A : 저를 어떻게 생각하세요?

jeo reul eo tteo ke saeng ga ka se yo

你覺得我怎麼樣？

B : 멋있다!

meo sit da

很帥！

真的嗎

相關例句

진짜요?
jin jja yo
真的嗎?

정말요?
jeong ma ryo
真的嗎?

그래요?
geu rae yo
是嗎?

맞아요?
ma ja yo
沒錯嗎?

확실해요?
hwak sil hae yo
確定嗎?

예 , 확실해요.
ye hwak sil hae yo
是，我確定。

生活會話

A : 이거 받아줘. 생일 선물 이에요.
i geo ba da jwo saeng il seon mul ri e yo
這個請收下，給妳的生日禮物。

B : 진짜요 ? 너무 감사합니다.
jin jja yo neo mu gam sa ham ni da
真的嗎 ? 太感謝了。

A : 열어봐요.
yeo reo bwa yo
打開看看。

B : 와 !
wa
哇 !

A：좋아해요？
jo a hae yo
喜歡嗎？

B：좋아해요. 제가 이것을 너무 갖고 싶었어
요！
jo a hae yo je ga i geo seul neo mu gat go si
peo seo yo
喜歡。我一直很想要這個耶！

A：그래요？ 그럼 다행이에요.
geu rae yo geu reom da haeng i e yo
是嗎？那就太好了。

139

讚美男生

相關例句

키가 커요.
ki ga keo yo
好高喔。

멋 있어요!
meo si sseo yo
好帥喔!

잘 생겼어요!
jal saeng gyeo sseo yo
長得真好看!

노래 잘 하시네요!
no rae jal ha si ne yo
唱歌真好聽。

매력 적이에요.
mae ryeok jeo gi e yo
很有魅力。

남자 답네요.

nam ja dap ne yo

很有男子氣魄。

生活會話

A： 내새헤어스타일이어떠니?

nae sae he eo seu ta i ri eo tteo ni

我的新髮型如何？

B： 아주멋지다. 짧은머리가더좋아요. 네새로운
헤어스타일이맘에들어.

a ju meot ji da. jjalbeun meo ri ga deo jo ayo. ne
sae ro un he eo seu ta iri mame deureo.

很帥！短髮比較好。我喜歡你的新髮型。

讚美女生

相關例句

예뻐요！
ye ppeo yo
好漂亮！

귀여워요！
gwi yeo wo yo
好可愛！

깜찍해요.
kkam jji kae yo
小巧玲瓏。

사랑스러워요.
sa rang seu reo wo yo
令人喜歡。

섹시해요.
sek si hae yo
好性感。

祝賀

相關例句

촉하해요!
cho ka hae yo
恭喜!

촉하드립니다!
cho ka deu rim ni da
恭喜您!

생일 축하합니다!
saeng il chu ka ham ni da
生日快樂!

생신 축하합니다!
saeng sin chu ka ham ni da
祝您生日快樂!(對長輩説)

새해 복 많이받으세요.
sae hae bok ma ni ba deu se yo
新年快樂!

我也是

相關例句

저도.
jeo do
我也是。(半語)

저도요.
jeo do yo
我也是。(一般敬語)

저도 그렇게 생각 합니다.
jeo do geu reo ke saeng ga kam ni da
我也這麼想。

저도 같이 가고 싶어요.
jeo do ga chi ga go si peo yo
我也想一起去。

저도 한국 사람 이에요.
jeo do han guk sa ra mi e yo
我也是韓國人。

這是什麼？

相關例句

이건 뭐예요？
i geon mwo ye yo
這是什麼？

이건 서비스입니다
i geon seo bi seu im nida
這是免費贈送的。

이것 무료입니까？
i geot mu ryo im ni kka
這是免費的嗎？

이건 무료로 제공합니까？
i geon mu ryo ro je gong ham ni kka
這是免費提供的嗎？

음료수를 무료로 더 줍니까？
eum nyo su reul mu ryo ro deo jup ni kka
飲料可以免費續杯嗎？

여기는 무료 주차장이에요?

yeo gi neun mu ryo ju cha jang i e yo

這裡是免費停車場嗎？

그 호텔은 아침 식사를 공짜로 제공했다.

geu ho te reun a chim sik sa reul gong jja ro je gong haet da

那間飯店早上提供了免費的早餐。

무상으로 수리해 줄 것이다.

mu sang eu ro su ri hae jul geo si da

會幫您做免費的維修。

不好意思。

相關例句

실례합니다.
sil lye ham ni da
失禮一下。不好意思。

저기요.
jeo gi yo
不好意思/ 請問/ 那個...

저기...물 한잔 더 주세요.
jeo gi mul han jang deo ju se yo
不好意思…請再給我一杯水。

미안하지만 근처에 공중전화 있어요 ?
mi an ha ji man geun cheo e gong jung jeon
hwa i sseo yo
不好意思…請問附近有公共電話嗎 ?

실례하지만 화장실이 어디예요 ?
sil lye ha ji man hwa jang si ri eo di ye yo
不好意思…請問化妝室在哪裡 ?

一起

相關例句

같이?
ga chi
一起嗎?

같이 가요.
ga chi ga yo
一起去嘛。

같이 놀자!
ga chi nol ja
一起玩吧!

같이 식사 해요.
ga chi sik sa hae yo
一起吃飯。

함께 있어줘.
ham kke i sseo jwo
和我在一起吧。

你會去嗎?

生活會話

A：이번 엠티를 갈 거에요?

i beon em ti reul gal geo e yo

你會去這次的旅行(出遊)嗎?

B：나는 갈 거에요. 당신은요?

na neun gal geo e yo dang si neun nyo

我會去。你呢?

A：저는 생각중 이에요.

jeo neun saeng gak jung i e yo

我正在思考。

A：민혁씨 갈 거에요?

min hyeok ssi gal geo e yo

敏赫會去嗎?

C：사실 난 가고 싶지 않아요.

sa sil nan ga go sip ji a na yo

其實我不想去。

A：갔어요?
ga sseo yo
你去了嗎？

B：안 갔어요.
an ga sseo yo
沒去。

A：왜 안 갔어요?
wae an ga sseo yo
為什麼沒去？

B：일이 있어서 못 갔어요.
i ri i sseo seo mot ga seo yo
有事情所以無法去。

A：저도요.
jeo do yo
我也是。

似乎

相關例句

그런 것 같다.
geu reon geot gat da
好像是那樣。

고장 난 것 같다.
go jang nan geot gat da
好像故障了。

사실인 것 같다.
sa si rin geot gat da
好像是真的喔。

비가 올 것 같다.
bi ga ol geot gat da
好像要下雨了。

토할 것 같다.
to hal geot gat da
我好像要吐了。

幫助

相關例句

도와 드릴까요？
do wa deu ril kka yo
要幫你嗎？

네 , 도와 주세요.
ne do wa ju se yo
好，請幫我。

도와줘요 , 제가 갇혔어요.
do wa jwo yo je ga ga chyeo sseo yo
幫幫我，我被困住了。

사람 살려 !
sa ram sal lyeo
救人啊！

살려 주세요 !
sal lyeo ju se yo
救命啊！

心情

相關例句

지금 기분이 어때요?
ji geum gi bu ni eo ttae yo
現在心情如何?

떨려요.
tteol lyeo yo
緊張得發抖。

긴장해요.
gin jang hae yo
很緊張。

불안해요.
bu ran hae yo
不安。

설레요.
seol le yo
很激動。

고민해요.
go min hae yo
煩惱中。

피곤해요.
pi gon hae yo
有點累。

심심해요.
shim shim hae yo
有點無聊。

외로워요.
oe ro woe yo
很寂寞。

기뻐요.
gi ppeo yo
很高興。

행복해요.
haeng bo kae yo
很幸福。

마음이 편해요.
ma eu mi pyeon hae yo
心情很舒服。

生活會話

A : 어젯밤파티에참석하셨다고들었는데. 어땠
어요?
eo jet bam pa ti e cham seok ha syeot da go
deu reot neun de eo ttae seo yo
聽説你昨晚去參加派對了。如何呢?

B : 환상적이었어요. 행복해요.
hwan sang jeogieoseoyohaengbokhaeyo.
超級棒的。很幸福。

安慰

相關例句

긴장하지 마세요.
gin jang ha ji ma se yo
請不要緊張。

남들이 하는 말에 너무 신경쓰지 마세요.
nam deu ri ha neun ma re neo mu sin gyeong
sseu ji ma se yo
不要太在意別人說的話。

침착하세요.
chim cha ka se yo
請鎮定下來。

진정하세요.
jin jeong ha se yo
請冷靜一點。

안심하세요.
an shim ha se yo
請安心。

행복하세요.

haeng bo ka se yo

祝你幸福。

걱정하지 마세요.

geok jeong ha ji ma se yo

請不要擔心。

다 잘 될 거예요.

da jal doel geo ye yo

一切都會好轉的。

休閒

相關例句

여가를 어떻게 보내세요?
yeo ga reul reo tteo ke bo nae se yo
你閒暇時都在做什麼?

실외활동을 즐겨요.
sil oe hwal dong eul jeul gyeo yo
我從事戶外活動。

산길을 산책합니다.
san gi reul san chae kam ni da
到森林走走。

집 근처 공원에서 산책을 합니다.
jip geun cheo gong won e seo san chae geul
ham ni da
在家附近的公園散步。

저는 조깅을 합니다.
jeo neun jo ging eul ham ni da
我會去慢跑。

저는 축구를 합니다.
jeo neun chuk gu reul ham ni da
踢足球。

저는 음악을 듣습니다.
jeo neun eu ma geul deut seum ni da
我是聽音樂。

영화를 봅니다.
yeong hwa reul bom ni da
看電影。

여행합니다.
yeo haeng ham ni da
旅行。

소풍을 갑니다.
so pung eul gam ni da
去郊外郊遊/ 野餐。

스포츠 센터에 다닙니다.
seu po cheu sen teo e da nim ni da
去健身中心。

저는 노래를 합니다.
jeo neun no rae reul ham ni da
唱歌。

영어를 배웁니다.
yeong eo reul bae um ni da
學英文。

요리를 합니다.
yo ri reul ham ni da
做菜。

찜질방에 갑니다.
jjim jil bang e gam ni da
去做蒸氣浴。

結婚

生活會話

A：결혼 했어요?
gyeol hon hae sseo yo
你結婚了嗎?

B：아직 안 했어요. 당신은요?
a jik an hae sseo yo dang si neun nyo
還沒。你呢?

A：약혼 했어요.
ya kon hae seo yo
訂婚了。

B：축하해요! 그럼 결혼식은 언제예요?
cho ka hae yo geu reom gyeol hon si geun eon
je ye yo
恭喜!結婚典禮是什麼時候?

A：다음 달이에요.
da eum da ri e yo
下個月。

永續圖書
線上購物網

www.foreverbooks.com.tw

◆ 加入會員即享活動及會員折扣。

◆ 每月均有優惠活動，期期不同。

◆ 新加入會員三天內訂購書籍不限本數金額，
  即贈送精選書籍一本。(依網站標示為主)

專業圖書發行、書局經銷、圖書出版

永續圖書總代理：
五觀藝術出版社、培育文化、棋茵出版社、達觀出版社、
可道書坊、白橡文化、大拓文化、讀品文化、雅典文化、
知音人文化、手藝家出版社、璞珅文化、智學堂文化、語
言鳥文化

活動期內，永續圖書將保留變更或終止該活動之權利及最終決定權。

韓語館 系列 ⑪

超好學韓語40音

 作著　王愛實　　 執行編輯　王薇婷　　 美術編輯　林子凌

出版社

22103　新北市汐止區大同路三段１８８號９樓之１
TEL　（02）8647-3663
FAX　（02）8647-3660

法律顧問　方圓法律事務所　凃成樞律師

總經銷：永續圖書有限公司
永續圖書線上購物網
www.foreverbooks.com.tw

CVS代理　美璟文化有限公司
　　　　　TEL　（02）2723-9968
　　　　　FAX　（02）2723-9668
出版日　　2013年08月

國家圖書館出版品預行編目資料

超好學韓語40音 / 王愛實著. -- 初版. -- 新北市
　　：語言鳥文化，民102.08
　　面；　公分. --（韓語館；11）
　ISBN 978-986-88955-7-7（平裝附光碟片）

　　1. 韓語 2. 讀本

803.28　　　　　　　　　　　102010674

語言鳥 Parrot 讀者回函卡

超好學韓語40音

感謝您對這本書的支持,請務必留下您的基本資料及常用的電子信箱,以傳真、掃描或使用我們準備的免郵回函寄回。我們每月將抽出一百名回函讀者寄出精美禮物,並享有生日當月購書優惠價,語言鳥文化再一次感謝您的支持與愛護!

想知道更多更即時的消息,歡迎加入"永續圖書粉絲團"

傳真電話:
(02) 8647-3660

電子信箱:
yungjiuh@ms45.hinet.net

基本資料

姓名:＿＿＿＿＿ O先生 O小姐　　電話:＿＿＿＿＿

E-mail:＿＿＿＿＿

地址:＿＿＿＿＿

購買此書的縣市及地點:＿＿＿＿＿

□連鎖書店　□一般書局　□量販店　□超商

□書展　□郵購　□網路訂購　□其他＿＿＿

您對於本書的意見

內容	:	□滿意	□尚可	□待改進
編排	:	□滿意	□尚可	□待改進
文字閱讀	:	□滿意	□尚可	□待改進
封面設計	:	□滿意	□尚可	□待改進
印刷品質	:	□滿意	□尚可	□待改進

您對於敝公司的建議

＿＿＿＿＿＿＿＿＿＿＿

＿＿＿＿＿＿＿＿＿＿＿

＿＿＿＿＿＿＿＿＿＿＿

新北市汐止區大同路三段188號9樓之1

語言鳥文化事業有限公司

編輯部　收

請沿此虛線對折免貼郵票，以膠帶黏貼後寄回，謝謝！

語言是通往世界的橋梁

語言是通往世界的橋樑

語言鳥 **P**arrot
語言是通往世界的橋梁